¿Quién soy?

Miguel Ángel Mori

1

Al entrar me di con una gran sala a la izquierda. Había una chica de anteojos que observaba detenidamente una hoja que tenía entre sus manos; estaba pensativa, como intentando descifrar su contenido, a quién pertenecía o de qué asunto se trataba. Estaba en la actitud de alcanzárselo a otro oficinista de los varios que se alineaban en los escritorios. Ante mi repentina presencia solo algún empleado levantó la vista. La chica que me había hecho pasar me enseñó las distintas dependencias. Enseguida advertí una habitación aparte, a la derecha, y como había una cama destendida pensé que por lo menos tendría donde descansar o adonde echarme una siesta.

Enseguida me indicó mi despacho: un escritorio, una computadora, una impresora, un teléfono fijo, en fin, una oficina. Aunque, hasta allí, yo no sabía cuál sería mi tarea, ni de qué tipo de repartición se trataba. Solo sabía que yo iba a ser el jefe, de allí la cama destendida, y nada más. La chica, de anteojos y pollera tableada se retiró. Me senté en la silla y enseguida tomé nota que era acolchada, se podía rebatir, trasladarse y girar. Probé sus posibilidades e imaginé que también tenía marchas, ¡me faltaba solo jugar a los cowboys! Pero ¿qué hacía allí? ¿Cuál sería mi función? ¿La podría desempeñar? Es más, ni siquiera podía recordar cómo había llegado hasta ese lugar, como si fuera solo un recorte de la realidad, como un pedazo de diario y una noticia de la que uno no pudiera acertar el año, ni el día, ni el asunto.

Bueno, empezaría por tomarme algunas licencias, y, como en el intercomunicador estaba señalada una tecla con la palabra bufet, la apreté. Del otro lado se abrió una vocecita suave. "¿Qué desea?" "¿Podría enviarme un cortado en jarrita?" "Se lo envío enseguida", me respondió con atención. Supuse, por el modo que me había tratado y la rápida respuesta, que yo tendría algún tipo de jerarquía de importancia en el staff. Sin embargo no debía apresurarme y hacer preguntas que revelasen mi total ignorancia. Es más, pensaba que en la medida que se me requiriera mi intervención yo elegiría mis repuestas. De ninguna manera, ya lo dije, estaba en condiciones de dar directivas porque no tenía la menor idea del porqué de mi presencia. Se me brindaba una oportunidad inesperada y la debía aprovechar. Enseguida empecé a revisar los cajones en busca de alguna información sobre mi sueldo; tal vez la persona que me había antecedido había dejado algún recibo de haberes. Pero al cabo, y antes de que golpearan la puerta por el café, desistí de la búsqueda.

"Adelante", dije y apareció una morocha muy bien plantada con una bandeja, el café humeante y unas masitas de confitería. Tenía unos ojos inmensos y una pollera corta, al borde. Le brindé mi mejor sonrisa. Pensé que si yo era el jefe tendría mayores chances que cualquiera. Enseguida se retiró. Tampoco tenía que mostrarme meloso, mejor darle tiempo para que me estudiara. Al fin de cuenta si ella no me daba el consentimiento serían inútiles todos mis lances.

Al retirarse, y antes de entornar la puerta, se hizo ver la de anteojos y pollera tableada; traía un fajo de papeles abrochados; me los alcanzó y se retiró.

Si me traía esos papeles era para que los revisara, no cabían dudas. Había empezado mi trabajo.

Empecé a hojearlos con displicencia. En realidad solo necesitaban mi firma como acababa de comprobar en una carpeta dejada antes en el escritorio. Yo me quedaba con un acuse de recibo y ella se llevaba el resto. No podía ser de otra manera, o si no, no habría archivo que aguantara. Parecía que se trataba de unos embarques de mercancías. Algunas palabras desconocidas las guglié y llegué a la conclusión que era una carta de porte. No me pregunten qué es una carta de porte, hasta allí llegó mi curiosidad. Enseguida pensé que esa era una ciudad portuaria, allí abundan esas oficinas de embarques. Me quedaba la duda de si se trataba de un organismo estatal o privado. La primera impresión fue que era lo segundo porque al ingresar me había sorprendido la dedicación al trabajo.

Bueno, me puse a leer entrelíneas; tampoco podía leer todo. Maíz, trigo. soja, varios... nada de interés. Le eché la firma y la llamé a la secretaria. Apareció contorneándose. ¡Qué hermosa! Tampoco sabía si yo estaba casado o soltero. Menos, de ella, pero temía preguntarle pues tal vez yo ya lo tendría que saber y complicaría todo. De todas maneras la secretaria no se comportaba de una manera amigable, sino solo formal. Era su jefe.

Tenía demasiadas preguntas. Dejé que las respuestas aparecieran por sí solas.

De nuevo golpeó la puerta la secretaria y me dijo. "Señor Gutiérrez, lo requiren del Directorio". Ese era mi nombre, Gutiérrez, la primera certeza. Ahora bien, Gutiérrez ¿debía ir a la oficina del Directorio o él vendría a la mía? Eso era clave para establecer una jerarquía y saber a qué atenerse.

Dejé pasar el tiempo. En ese momento descansé la vista en un perchero y enseguida recordé que al entrar había dejado allí mi saco. Tal vez me ayudaría a orientarme. Le revisé los bolsillos y como lo había previsto hallé una preciosa información: un manojo de llaves y una billetera. Enseguida me puse a revisar su contenido. Encontré un documento de identidad, no podía ser más que el mío. Observé esa foto que generalmente nos decepciona. Sí, era yo, no cabían dudas. Ta vez aparecía más joven. Y mi nombre y apellido. Manuel Gutiérrez. La dirección, avda. Corrientes 3720 8 C. ¡Sabía adónde iría a pasar la noche! Un alivio. Tenía algo de dinero y dos tarjetas magnéticas. ¡Pero desconocía la clave! ¡Qué momento! Pero bueno, tenía efectivo aunque no sabía con certeza el valor del dinero. Sí, uno era de cien pero ni idea tenía qué podía comprar con cien pesos.

La secretaria se presentó de nuevo y me recordó que el Director me estaba esperando. Alivio. Aunque bueno, tampoco sabía si él era mi jefe o simplemente él era el jefe de otra sección, pues de serlo, hablaríamos entre iguales y otro sería el trato. Fui hacia allí. Como la secretaria se había perdido en un laberinto de oficinas seguí sus pasos (no debía dar al menor indicio de ignorancia) Traspusimos una puerta, bajamos una escalera de pocos peldaños, seguimos un pasillo estrecho y dimos a un hall de entrada. Ella intercambió algunas palabras con la recepcionista y yo, sin perderle la mirada, salí a la puerta donde la claridad era inmensa. Me demoré con un cigarrillo y cuando reemprendió la marcha, seguí sus pasos. Entró a otro cuerpo del edificio que daba a unas oficinas vidriadas. Si la oficina del jefe de personal estaba tan lejos era probable de que el perteneciera a una jerarquía superior a la mía, aunque cuando entramos en un pasillo largo estrecho, a mitad de camino, la secretaria, escuchando mis pasos por detrás, se dio vuelta y me preguntó "¡Ah, usted también va al baño!" Pasada mi primer sorpresa me repuse con un chiste: "No, al mismo" Me sonrió con picardía y pude contemplar mejor su belleza y sus dientes enormes, blancos y brillosos. No hay mal que por bien no venga, me dije y entré al baño de varones. Mientras orinaba comencé a pensar en cómo llegar a la oficina del directorio.

Al salir volví sobre mis pasos y enseguida resolví preguntarle a la recepcionista. Era nuevo, tal vez ni siquiera supiera quién era yo. Estaba repasando unas planillas. Me acerqué, me atendió con una sonrisa y me mandé. "¿No sabe si Directorio cambió de oficina?" "No, sigue en la misma", me respondió. Dudé como quien está perdido señalando para un lado y el otro, y enseguida tuve la respuesta. "En el otro bloque del edificio, a la izquierda" Me contestó a la par que retomaba su trabajo. Salí de escena de forma apresurada, temeroso de cruzarme con mi secretaria. Regresé a la otra ala por el pasillo estrecho y desemboqué en las escaleras que daban a los pisos superiores. Enfilé hacia la derecha y di con una puerta que decía Directorio. Alivio. Le di dos golpecitos y aguardé. Enseguida apareció alguien a atenderme. "¡Gutiérrez! deje de hacer pavadas, pase directamente y tome asiento. Era una gran sala con una mesa ovalada al medio y diez sillas ocupadas, excepto la mía. Una secretaria, de las varias que sostenían inmensos carpetones como niños en brazos, me indicó, y muy amablemente intentó descorrer la silla aunque yo no se lo permití maniobrando por mis propios medios. El jefe (el que yo creía hasta allí que era el director) me echó una mirada reprobatoria como si yo hubiera cometido alguna falta. "Gutiérrez, lo estábamos esperando; usted muy bien sabía de la reunión desde el lunes" Desde el lunes, pensé. Era la primera vez que me hacían una referencia al pasado. Si bien muy pequeño, menos de una semana, pasado al fin. Le di una excusa tonta, pero me fue aceptada, tal vez porque tenían apuro en comenzar cuanto antes la reunión. En ese momento las secretarias nos alcanzaron las carpetas. Eran bastante voluminosas y tuve la intención de hojearlas pero enseguida advertí que nadie lo hacía, sofrené el impulso. Mejor aguardar, ese podía resultar un buen escenario para saber quién era yo y por supuesto, todo lo demás. Repito, tenía muchas dudas de mi repentina aparición en la oficina; tal vez, después, ahora no, tome la decisión de contarlo; no antes. Porque muy bien, en aquella situación podría haber pensado que había perdido la memoria y hubiera ido por ayuda. Pero no lo hice por varias razones. La primera porque guglié la información y todas las respuestas no satisfacían mi estado de salud. En fin yo estaba saludable, formidablemente saludable. No tenía stress, ni contusiones. La segunda, que temía perder mi trabajo. Parece loco, pero así es. La tercera... bueno, a ciencia cierta no sé de la tercera pero dejemos abierta esa posibilidad.

En resumen, yo me vi aparecer en ese primer recuadro cuando la secretaria me indicaba mi oficina.

Para atrás no recordaba nada, como cuando uno se despierta y se encuentra en una habitación y no logra recordar lo que estaba soñando. Pero el hecho es que uno estaba soñando, envuelto en una historia y se despierta, a veces con retazos del sueño, y otras, como es mi caso, sin ningún recuerdo, que es justamente lo que sucede cuando uno se duerme y no recuerda absolutamente nada de la vigilia.

"¡Gutierrez!" "¡Gutierrez!" Escuché la voz del jefe amonestándome por mi distracción. Escuché decir que, como era lógico, el motivo de la reunión estaba en ese expediente que nos habían alcanzado las chicas. ¡Estaba frito! No tenía ni la menor idea, para colmo, no me lo habían dejado abrir, pero, pero, sucedió, que uno de los convocados comenzó a hojearlo. ¡Era el momento! Comencé a hacerlo, pero ¡pucha! estaba escrito en alemán. No entendía nada. Lo único que faltaba era que ahora se pusieran a hablar en alemán. ¡Ohh! Al notar mi estupor, mi asistente, la que se paraba detrás mío, se inclinó sobre mi hombro, rozó uno de los extremos del expediente y las letras se reacomodaron al idioma castellano. ¡Milagro! Desconocía ese dispositivo. Ella me sonrió y yo, agradecido. Comencé a hojearlo. Cuadros y más cuadros, gráficos, curvas, ¿Qué era esto? ¿Un balance de la gestión? Tal vez, estaríamos a mitad de año o al final del mismo y esto sería un informe. Deduje que más bien estaríamos a mitad, porque de otra manera tendría que haber algún síntoma de las fiestas navideñas. Además el clima templado me daba la pauta de la estación. Bueno, para qué abundar, si yo había entrado como desnudo en aquel primer cuadro de esta historia, el uso del lenguaje, la ropa, el clima, ya me habían ubicado en el país y la época del año.

Era llamativo que sin tener pasado, como pared de perfil, o, más aún, una pared de dos dimensiones, yo pudiera tener elementos que me permitían evaluar mi situación. O sea, yo tenía una experiencia acumulada que solo la podría haber obtenido en ese pasado, incluso, el propio lenguaje.

"Gutiérrez, Gutiérrez", escuché de nuevo mi nombre, "le ruego que preste atención, no solo me llega tarde a la reunión sino las más de las veces lo encuentro distraído". Observé en los otros una sonrisa cómplice, como quien dijera "este Gutiérrez, siempre el mismo" ¿Sería motivo de bulling?

Me puse a hojear nuevamente el mamotreto pero enseguida advertí que todos me observaban con extrañeza, entonces decidí despegar los ojos de allí y observarlo decididamente al jefe, pero como él no me sacaba la vista de encima como esperando una respuesta no tuve más remedio que pedir que me repitiera la pregunta, motivo de nuevas chanzas y de que el jefe se remitiera a los hechos.

-Es lo que venimos hablando, dijo en franca alusión a mí. Estas desatenciones nos hacen perder tiempo, porque si se tratara solo de las tardanzas habría una solución: tomar un mejor ritmo en las decisiones solucionando los problemas inherentes. Pero Gutiérrez (podía ser cualquier otro) nos hace perder hoy minutos invalorables que nos pone en franca desventaja con la competencia.

El jefe se puso a caminar en torno nuestro y continuó.

-Existen cinco empresas en el mercado y nosotros no somos la más grande, aunque venimos creciendo a una taza del... -la miró a una de las secretarias quien sin dilaciones contestó:

-Siete coma tres por ciento anual...

-Mientras la competencia lo hace a una taza... -volvió mirar a la misma secretaria. -Del dos y medio.

-Lo que nos anuncia una curva exponencial en los próximos cinco años...

Yo no entendía ni medio, ¿de qué hablaba? de porotos, de naves, de seguros... no había podido averiguar nada. Era todo muy extraño, estar en un lugar y no dar razones de nuestra presencia. Extrañado, es la palabra. ¿Qué hago aquí? ¿Por qué estoy aquí? Y detrás de esas paredes ¿qué hay? Tan solo un decorado. ¿Y esto no lo era? "¡Gutiérrez! ¡Gutiérrez!" escuché de nuevo mi nombre. Me había vuelto a distraer, para colmo un chistoso del otro lado de mesa se había levantado apenas de su silla y me había dado dos golpecitos con una regla en el hombro. Nuevas risas. "Parece Gutiérrez que usted se ha consustanciado mucho con su trabajo", dijo el jefe y todos volvieron a reír. ¿Cuál sería mi trabajo? Enseguida pensé que al abandonar el edificio me daría cuenta. ¿Cómo no me había fijado en la papelería del escritorio? Habría algún membrete, todas las empresas lo tenían. Estuve tentado a abrir otra vez el expediente, pero me contuve, no vaya a ser que me ligara una nueva reprimenda. Pensé, que tal vez, si saliera un momento del edificio y caminara unas cuadras por los alrededores tendría una mayor conciencia de dónde estaba. Como el jefe nos invitó a que repasáramos el expediente y tomáramos cuenta de los gráficos mientras él se retiraba unos minutos, aproveché para darle rienda suelta a mis divagues. Mi asistente me preguntó si deseaba beber algo y le dije que sí, un café doble. Necesitaba despertarme. En ese momento comencé a recordar situaciones parecidas a las que estaba viviendo. Mi arribo a un pueblo en un auto viejo y la comunidad que me recibía y agasajaba. Tal es así que me estaba aguardando en una feria de platos. Sí, había guirnaldas a lo ancho de un patio inmenso de tierra. No solo me había llamado la atención el auto en que había llegado, sino también los vestidos de las pueblerinas y sus peinados, como si fueran salidas de unas revistas viejas de moda halladas en un desván. Me sentía agasajado aunque no sabía el porqué de mi presencia y quienes eran ellos. Yo había entrado por esa puerta y se había dibujado y desarrollado ese pueblo. Como el arrancar de una película sin pasado; uno se mete y la acepta, sin preguntar qué ha sucedido antes. Si hay un antes de esa historia y solo por recortes va conociendo el pasado de los personajes, pero en realidad, el único pasado existente de esas acciones fingidas son que la actriz estaba tomándose un té antes de entrar a escena y el actor hablando por teléfono con la mujer. Y cuando comienza la escena se produce una sutura entre dos mundos o dimensiones, uno real y otro ficticia. Entonces, ahora me preguntaba, esto era real o ficticio. Por lo menos el sabor del café era real. ¿Y aquél recuerdo? ¿Sería el recuerdo de un sueño o de un hecho real? Tamaña pregunta, saber si estaba despierto o dormido.

En ese momento sentí que la secretaria apoyaba su mano en mi hombro y me removía. Había regresado el jefe. Pude estar a la altura de las circunstancias, aunque la varita mágica recayó sobre mí. "¿Qué opina usted Gutiérrez?" me preguntó. ¡Tamaña pregunta! Enseguida reaccioné, "bueno, se nota una mejoría en términos generales, pero hay algunos rubros o parámetros que no han rendido acorde con las expectativas debido a causas propias y ajenas qué, creo yo, serán corregidas en los próximos ejercicios". Un hombre de traje y corbata que se sentaba frente a mí, al lado del que me había dado los golpecitos en el hombro con la regla, a cada palabra, abría sus ojos de forma desmesurada. Cuando continué desarrollando mis ideas (una serie de generalidades que no decían nada) comenzó a revolverse en su asiento como para pedir la palabra. Le echaba miradas al director y a mí, y amagaba con levantar su mano, pero enseguida desistía, porque yo, envalentonado con mi discurso, al notar algunas caras de aprobación, me animé a extender mis divagaciones al hemisferio norte y al sur, al régimen de lluvias y a las isotermas que no siempre jugaban a favor nuestro y como no notaba señas fruncidos ni gestos reprobatorios, excepto del enano que tenía enfrente, llegué a la conclusión que nadie sabía de qué estaba hablando, pero seguramente no me contradecían por temor a denunciar su ignorancia; más cuando empecé a hacer referencia a las isohietas de julio y al índice Rammer (un índice inventado por mí en ese preciso instante), todos, absolutamente todos, inclusive el director, aprobaron mis palabras. En ese momento tomé conciencia de lo fácil que resultaba dominar la situación. Estaba en el medio de la cancha y hasta el enano, poco a poco, fue aminorando sus bríos y las ganas de interrumpirme. ¡Quién quiere quedar en ridículo ante una opinión generalizada! Más en una institución donde uno no sabe quién tiene a su lado y se cuida de sus palabras. En fin, al finalizar no hubo un aplauso cerrado pero se notaba la aprobación general.

Pero ¿ellos habrían leído el mamotreto? Uno siempre conserva algo de ingenuidad y cree en ciertas cosas como los Reyes Magos, es más, el cuento de Papá Noel y los tres reyes es un esfuerzo temprano de manipulación, una predisposición enseñada de pequeño. Porque, ahora pienso, esos cinco cuerpos de una causa los leerá el juez, los leerá su secretario, en fin, los leerá alguien. O simplemente los recordará de las audiencias y a otra cosa. Uno, con los años, empieza a desconfiar de tantos papeles acumulados.

Al fin de cuentas si ellos hubieran leído el mamotreto de solo escucharlos hubiera tenido una idea de qué se trataba el mismo. Los expositores hablaron de consideraciones generales, de curvas y contra curvas, de rendimientos, de subas y bajas, de ratios, pero no se sabía de qué hablaban pese a la aprobación general. Y más estupor me causó cuando el jefe tildó al encuentro como un éxito y felicitó a todos por la constricción al trabajo y al esfuerzo común, única garantía de llegar a buen puerto.

¿Se trataría de una empresa naviera?

De la reunión me fui con más dudas que certezas y aproveché el desbande general para saludar y despedirme. Quería poner un pie en la calle y averiguar dónde carajo me hallaba.

Al saludar a la recepcionista y avisarle que enseguida regresaría me sonó el celular. Al salir, atendí. El visor decía Lucía, evidentemente era una persona conocida.

-Bonito, ¿dónde estás? -fueron sus palabras.

Enseguida enhebré varias ideas, no me consideraba bonito pero no debía desaprovechar la oportunidad, haría como si la conociese.

-¡Oh linda! tanto tiempo.

-¡Cómo tanto tiempo! Si nos vimos ayer.

-Es un decir, así decía mi abuelo.

-¿Abuelo? Nunca me hablaste de él.

-Era muy reservado.

-¿Quién?

¡No pegaba una! Pero no debía retroceder.

-Es un chiste, linda.

Escuché una risita. No debía moverme de la palabra "linda" la única que me había resultado.

-Te extraño -me dijo.

-Yo también.

-¿Nos vemos donde siempre?

Rápido fui con la respuesta:

-Mejor cambiemos.

-¿Te parece? Lo digo por vos.

¡Epa! ¿Me estaría esperando alguien en mi casa? ¿Estaría en pareja?

-Para cambiar; decime dónde te gustaría.

¿Qué te parece en el Lloyd?

-¿Lloyd?

-Ahí, de frente a la plaza Hernández.

-Ah, sí, sí, sí, me había olvidado.

-¿Olvidado? si allí nos conocimos.

-Hay que ser estúpido. ¿A qué hora?

-A las siete ¿Te parece bien?

-Dale, besitos, puf, puf.

-Puf, puf.

¿Y ahora? Un nuevo signo del pasado, no solo tenía una pareja, sino además una amante. ¡Doblete! encaré para la calle. Era un pavimento de empedrado grueso y el barrio era tranquilo. Por lo menos había pocos autos estacionados y a esa hora no circulaba nadie, como si la ciudad desapareciera. Evidentemente si era una gran ciudad, el edificio estaba lejos de las avenidas. Enseguida miré en dirección a la fachada, solo indicaba una sigla: IAPDOC. Me quedé pensativo por unos momentos intentando descifrar la sigla Instituto ¿Aeronáutico? no, no, no había visto ni aviones ni uniformados (ja ja). Para, el Desarrollo, y Organización, Comunitaria. Umh... podía ser. El enigma estaba en la A. ¿Sería un ente oficial? ¿De qué ciudad, provincia y País? A, a, aaaa, repetía balbuceando con tal mala suerte que salió del edificio el petiso chistoso de la regla y me preguntó "¿Está haciendo gárgaras, Gutiérrez?" Sus dos amigos estallaron en risa. No supe qué responderles. Sucede a menudo que la respuesta nos llega mucho después, a destiempo, fuera de lugar y uno en el subte responde, por ejemplo, ¿Y vos enano? ¿Hacés gárgaras de elongamiento? y uno se larga a reír ante la alarma del pasaje que toma disimuladamente distancia. La respuesta fue correcta pero a destiempo y en ese momento yo quedé paralizado, sin reacción. Y es inútil que uno se lamente diciendo qué boludo por qué no le dije esto. Mas vale admitir que uno es un boludo. Tal vez esa primera revelación nos abre la puerta a la solución.

Enseguida se acercaron y me invitaron a acompañarlo en la merienda en un bar de allí a dos cuadras. Me excusé, el petizo con seguridad quería reírse a mi costa.

Era la hora de la merienda, eso estaba claro, tendría tiempo para recorrer el barrio. Hambre no tenía. Se ve que había aparecido en la primera escena, bien comido. En suma me conformaría con un sándwich de parado y a otra cosa.

Emprendí la marcha. Era tal el silencio que escuchaba mis pasos sobre el empedrado grueso, al apretarse, crujían y de vez en cuando reventaban una piedrita. Parecían ser zapatos nuevos, del tipo mocasín o náutico, no sé cómo lo llamarían en esta ciudad. Rápidamente pensé que mi lenguaje me podía dar pautas de donde era yo y donde estaba. Digo, primera evidencia, yo me comía las eses, y aquí todos alardeaban con ellas. Por lo menos era mi impresión.

Reemprendí la marcha, pero enseguida me volví a detener. ¡Qué estúpido que era! Qué más fácil que averiguar dónde estaba buscándolo en Google. Lo hubiera sabido desde la primera línea. Lo saqué pero, no tenía señal. Mejor seguir caminando, aprovecharía para conocer el barrio y después me enteraría dónde estaba y a qué atenerme.

Continué la marcha. Más allá no se veía nada, digo, a tres cuadras no se veía nada, como si el decorado llegara hasta allí, al filo de las palabras. Continué la marcha y pensé que si yo no me atrevía a caminar más de tres cuadras, eso quedaría en brumas para toda la vida, como un lugar al que uno nunca fue. Pero si decidía caminarlas y no doblar en la esquina como había pensado, las cuadras de la izquierda permanecerían inexistentes para toda la vida. Estaba en dudas y decidí que mis pasos decidieran, y al llegar a la esquina algo me impulsó a doblar, tal vez fuese ese "destino prefijado" del que hablaban los antiguos. La consigna en ese paseo era dejarse llevar por la casualidad.

Al doblar me di con una brisa que aliviaba el cuerpo. Eso era bueno. Pasé por una fábrica cerrada que extendía su paredón a lo largo de la cuadra, y al llegar a la otra me di cuenta que a lejos corría una avenida. Existen ciudades planeadas como desagües de las lluvias. Cada cuatro o cinco cuadras hay una avenida por donde drena el tráfico. Eso le brinda cierta tranquilidad a los vecinos que habitan entre una y otra. Entonces, en esa ciudad es muy fácil pasar en tres cuadras del bullicio al silencio. Motivo de extraños síndromes. No sé realmente de dónde he sacado estas ideas, sin son propias o ajenas.

Me aventuré hacia la avenida, calculé que el descanso no sería de menos de media hora, y a mí, como jefe de sección, se me permitiría algo más. Apuré el paso, tampoco quería abusar de mi posición en el primer día de trabajo.

Al llegar me encontré con un tráfico nutrido de una sola mano. Del otro lado había un barcito a mitad de cuadra. Crucé por la senda peatonal. El lugar no decía nada, era del estilo de los años setenta, con duras sillas de madera y mesas bien plantadas. Me senté frente a uno de los ventanales y pedí un cortado liviano. Detrás del mostrador me saludó el dueño, un gallego parecido. Digo parecido porque se parecía a cualquier gallego, ja,ja (no creo que sea un chiste muy bueno aunque me agrada celebrarlos). Tiró el café, salió de atrás y se acercó a servirlo. ¿Y ahora? me dije. Lo dejó sobre la mesa y me pregunto: "¿hoy no va almorzar?" O sea que ese era mi bar. "No", le dije, "ando descompuesto, en todo caso, más tarde le pido una media planchita de sándwiches de miga".

"Bueno, como diga". Dio media vuelta y ya se retiraba, pero enseguida regresó con algo de preocupación en su rostro. "¿Su señora, cómo sigue?" La pucha este hombre no solo me confirmaba que estaba casado sino que además ella estaba enferma.

-Bien, bien, se la ve mejor.

-Con lo que le pasó, también, -el gallego se encogió aún más.

¿Qué carajo le habría pasado a mi mujer? Esto era muy extraño porque en un sueño uno sabe a qué atenerse, le pueden suceder cosas inesperadas pero las acepta con toda naturalidad y no hay casi motivos de duda. Uno se ve envuelto en una circunstancia y se deja llevar. Pero aquí todo aparecía cargado de dudas.

Le seguí la corriente y solo atiné a encogerme más que él y, en un rapto escénico, a apretarme los ojos como para largarme a llorar. El gallego me puso la mano sobre el hombro y me consoló: "no te preocupes Manolo, mi señora también pasó por la quimio".

Uyy, Manolo, quimio, dos revelaciones, mi mujer hasta las pelotas y este hombre era de extrema confianza. ¿También yo sería gallego? El apellido daba. ¿Y la altura? Mediana. Instintivamente para salir del apuro me retiré al baño. "Vaya, vaya, hijo", me dijo el dueño con paternidad.

Al llegar, clavé mi rostro en el espejo. ¡Pero sí! Tremendas cejas eran solo de gallegos. Enseguida regresé con la quimio bailando sobre mi cabeza. ¡Y ni siquiera le había hablado por teléfono! Al contrario, me encontraba tramando una cita; me pareció desconsiderado.

Sí, me parecía abusivo, pero ¿quién sino yo tenía una amante? ¿Cómo sería mi relación con ella? ¿Existía algo que justificaba el engaño? El corazón no mentía, no sabía nada de mi pasado y me pareció horroroso y punto. La piedad también es un sentimiento.

Todo estaba por verse. La cita con esta chica no la podía postergar. Es más, tal vez ella me daría algunas claves de mi señora. "¿Cómo dice?" me preguntó el gallego. Nuevamente estaba hablando solo. "¿Se siente bien?" me preguntó y como yo no reaccionaba me fue a buscar un vaso de agua. Tendría que hablar antes con mi señora para saber cómo estaba. No podía ser tan cruel. El gallego me alcanzó el vaso de agua y se fue a atender otra mesa. Al retirarse aproveché para hacer la llamada.

Busqué el número pero ¡oh! tenía una lista de mujeres interminables; ¿cuál sería? Además ¿sería mujeriego?

Se me prendió la lamparita, cuando se acercó el gallego le pregunté a quemarropa con una sonrisa de buena onda. "¿Cómo la llamaba usted a mi mujer?" enseguida me respondió "¿A Susana?" (ya tenía el nombre); "¿De quién estamos hablando?· le respondí con obviedad. El gallego cabeceó, con una mano apoyada en la silla y la otra sosteniendo el trapo rejilla. "Susana, ¿cómo le iba a decir?" "Sí, me confundí", le respondí, un tío de ella no me acuerdo cómo la llamaba. El gallego me miró con extrañeza y después de un largo silencio, me preguntó con cierto pesar "¿Desde cuándo nos conocemos?" "Uuuuuu", respondí como si fuera de hacía mucho tiempo o de hacía poco. "Bueno hijo", me reprochó, "¿ahora, cómo se te ocurre tratarme de usted?" De inmediato me puse de pie y lo abracé. Lo sentí cercano. "Discúlpame, todo esto me tiene un poco loco".

El gallego se retiró detrás del mostrador, había ingresado otro cliente.

Debía hablar con Susana pero no de allí. Me despedí y salí del bar, y de regreso a la oficina, le hablé. El chorro sonó una vez, dos, tres, y a la cuarta me atendió.

-Ah, sos vos -me dijo-, el desaparecido.

Mi respuesta fue inmediata

-¿Por qué desaparecido?

-Te anduvimos buscando por todos lados, en lo de tu vieja, tu tía, tus amigos, hasta por las comisarías...

-¿No me digás? -Velozmente pasó por mi cabeza todo lo sucedido desde que había aparecido en la oficina, la perdida de la conciencia, de la memoria. Se lo dije y se largó a reír.

-¿De qué te reís? -le reproché.

-De nuevo con la misma historia. Me tenés cansada - me cortó.

Quedé de una sola pieza. Me fijé en la hora, calculé que me podía quedar un rato más. Di un rodeo para volver. Caminé tres cuadras por la avenida, doblé a la izquierda, y a mitad de cuadra, al pasar frente a una parrillita que echaba su toldo sobre la vereda, detrás del vidrio de la ventana, descubrí a mis compañeros del directorio o lo que fuere, en plena francachela de chinchulines y morcillas. Me hice el distraído y continué el camino. Si recién estaban por las achuras, le faltaba todavía la carne y el postre. Le calculé otra media hora de descanso. Y ¡claro! si éramos del directorio tendríamos algunas prebendas. A la otra cuadra me di con otro bar. Rogué que nadie me conociera. Pedí otro café y me dispuse a hablar otra vez con Susana. No podía ser que estuviese tan enojada. Si me había buscado por todos lados era porque, haya hecho yo lo que sea, guardaba por mí cierto interés.

¿Le diría otra vez que había perdido totalmente la memoria? Si era lo que le venía diciendo desde siempre, no me creería. Sería un camino equivocado.

Había recabado un dato cierto sobre mi estado de salud. Tenía olvidos, desmemorias, ¡pero si eso era lo sucedido desde el momento que entré a la oficina! Se me vino a la mente un chiste que tal vez alguna vez lo había escuchado. Un bebé recién nacido, de brazos, que no recuerda a qué había venido. Y alguien que le responde que no importaba, porque no lo iba a averiguar en toda la vida. Raro ¿no?

A la cuarta pulsación me volvió a atender.

-No me cortés, quiero hablar con vos.

-Te escucho -me dijo.

-Quería saber cómo estás.

-Uuuu, ¿ahora te interesas?

-¿Y cómo no me voy a interesar?

-Me pedís el divorcio y ahora me preguntas por mi salud.

Uuuuuuuu.

-Es que estoy muy confundido.

-Desde que te conozco estás muy confundido.

-Ahora es distinto.

-Siempre me decís lo mismo.

-Bueno, querida, vuelvo tarde.

-¿Querida? Me sorprendés.

No supe qué decirle. Me sentía acorralado y opté por cortar la conversación.

-Bueno, Susana, vuelvo tarde de la oficina.

-Te espero.

Ese "espero" fue como un puñal. A eso tenía que atenerme, a mi corazón. ¿Cuál sería mi relación?

Regresé a la oficina con más preguntas que respuestas. Habían prendido el aire y se notaba, como pasar del infierno al paraíso. La recepcionista me llamó y me alcanzó una correspondencia y una sonrisa. ¿Cómo podía entender esa sonrisa? Me miró a los ojos y me dijo, señor Gutiérrez, su correspondencia. Podría haber obviado esa expresión: simplemente decirme, esto es para usted, con la cabeza gacha ocupada en lo suyo, pero no, se desplegó delante de mí. Tal vez solo porque yo era una persona importante, de temer. Mientras revisaba la correspondencia entraron los chistosos de regreso. Uno era el más insistente, el de mediana estatura, mas bien fornido, que peinaba a lo Gardel su pelo oscuro. Al pasar, me sonrió cancheramente. Pensé por un instante que solo yo le daba entidad, existencia, si no hablaba de él, si no pensaba en él, desaparecía hasta el próximo capítulo. Me dirigí a mi oficina con el firme propósito de olvidarlo, y misteriosamente desapareció de mi vista perdido entre los recovecos del edificio.

Regresé. Allí nada había cambiado, cada uno se ocupaba de lo suyo, interrumpido a ratos por alguien que saltaba de la silla como un elástico para alcanzarle una hoja a otro oficinista que estaba más lejos. Por momentos hablaban entre ellos enfrascados en ese papel que el primero sostenía entre sus manos. ¿De qué sería? Lo que hubiera dado por saberlo, pero lo que me seguía sorprendiendo era la disposición al trabajo. Saludé al pasar y me metí en la oficina. Sobre mi escritorio mi secretaria había dejado varias carpetas para revisar. Me senté sobre la banqueta, me estiré y empecé a hojearlas. Cuadros y más cuadros, gráficos, tendencias, estadísticas, una lectura quebrada, hecha de ángulos, nunca una línea absurda, algo sin concierto, ¡muy aburrido! como un edificio de departamentos lleno de aristas y secantes. Se trataba solo de poner mi sello y la firma. No entendía nada, ni quería entender. En cinco minutos di por terminada la faena.

Y ahora a aburrirme, a aburrirme desesperadamente entre esas cuatro paredes. ¿Tendría alguna manera de ausentarme? Los directivos lo hacen por cualquier motivo; lo importante es mostrarse rápido y dinámico, como si a uno no le alcanzara el tiempo. Entrar a la oficina de prisa, salir de ella más de prisa. Pensé que los que estaban en la sala grande eran solo simuladores. ¿Quién controlaba realmente lo que miraban por pantalla? De todas maneras era mi primer día de trabajo e ignoraba la mayoría de las cosas. En ese momento me llamaron del interno. Se prendió una lucecita roja que decía "Directorio" una vocecita me anunció que el director me estaba esperando.

Bueno, se me abría una puerta. Segundos antes me preguntaba que iba a hacer toda la tarde y ahora este llamado me llevaba a una nueva aventura; la historia empujaba hacia adelante y ya me iba imaginando otro horizonte y otras peripecias. Pero, pero, tenía que sofrenar mi imaginación porque lo que puede resultar bueno para una novela puede ser nefasto para la vida. ¡Para qué hacerse tantas conjeturas! Lo mejor sería, en mi caso, dejarme sorprender por los hechos, presentarme sin prejuicios. Hacia allí fui, esta vez no a desgano, sino con urgencia, como había calculado; salí como una bala empujando la puerta con cierta violencia, a los piques, pero al hacer unos pasos creí necesario afirmar mi actitud, me di vuelta y lancé al aire como un chicotazo: "si alguien pregunta por mí, en quince estoy de vuelta". Allí recién advertí el pasmo de la oficina, todos habían desatendido sus tareas, y desde sus escritorios, desde el dispenser, desde atrás de una inmensa impresora que no se cansaba de escupir papeles, me observaban sin comprender ni medio, como si yo fuera el personaje de otra escena. Bajé el tono y repetí, enseguida vuelvo. Continuaron con su tarea.

Salí a toda prisa y todavía alcancé a escuchar un cuchicheo por detrás. A los pocos pasos, aminoré la marcha. Tampoco sabía cuál era el despacho del director. ¿Director? Algo me hizo ruido. Una repartición pública tiene directores, pero muy bien podría ser un miembro del directorio de una empresa privada. Pero en la reunión el jefe había hablado de la competencia; no creo que haya competencia entre distintas reparticiones públicas, hubiera sido una novedad. Qué confuso se volvía todo esto, tal vez fuera solo el resultado de mi repentina amnesia, no lo sabía. Enseguida me dirigí a la recepcionista del otro lado del edificio. Mataría dos pájaros de un tiro. Llegué, se había cambiado el peinado. Me acerqué con mi mejor cara y le dije, "hola Julieta", se dio vuelta y las arrugas se le dibujaron en el rostro, en el cuello, en las orejas y detrás de unos lentes culo de botella; me echó una mirada severa y un qué quiere. ¡Era otra! El uniforme era igual de apretado... pero, la princesa se había transformado en una bruja. "Estee, soy el nuevo jefe", intenté retomar la iniciativa, ni se mosqueó, volvió a insistir "qué quiere". "El director", alcancé al balbucear y me indicó una entrada a la derecha. "Pregunte ahí", me dijo. ¿Me habría escuchado bien? ¿Para ella no tendría ningún valor que yo fuera jefe? ¿Sería realmente jefe? ¿Jefe de qué? Las preguntas se me agolpaban. Camino hacia ese despacho pensé que el director era su amante. Porque, ¿de dónde le vendrían tantas ínfulas? El camino era el correcto. Al final de un ancho pasillo se abría hacia la izquierda una puerta vidriada que decía DIRECTOR.

Al ingresar, me atendió la secretaria. Estaba sentada detrás de un escritorio y desatendiendo la pantalla me miró y dijo. "Ah, usted, el director acaba de salir, dijo que ya volvía, si quiere, aguárdelo". Me indicó una silla vacía. Me acomodé lo mejor que pude y observé a la fulana. ¡Esta sí que podía ser su amante! Rubia de cabello y piel, ojos marrón claro, el pelo largo y recogido (de vez en cuando se lo acomoda con una peineta); no desatendía la pantalla y tecleaba con rapidez, por momentos sonreía y volvía teclear; evidentemente estaría en un chat. De vez en cuando me echaba una mirada de complacencia como diciendo aquí estoy yo y allí usted, y continuaba metida en su charla. Al rato me comencé a impacientar. No era propio de un director llamar a una reunión y ausentarse. Yo había venido al instante, no me había demorado, no me había tenido que esperar. ¡Qué raro! Me puse de pie como para mostrar mi impaciencia. Ella enseguida tomó cuenta y me dijo. "No debe de tardar".

Tomé fuerzas y se lo dije. Yo no era cualquiera, era el nuevo jefe. "Me acaba de llamar" le protesté. Ella meneó la cabeza, se sacó la peineta, se alisó el pelo y, entre gestos, me volvió a repetir, "algo lo debe haber demorado".

Me volví a sentar disgustado. En ese momento recibí un mensajito de texto: "¿Yyyy, flaco?" ¿Y éste quién era? Seguí el vínculo, y de esos rostros en miniatura poco se puede averiguar. Carlos Suarez. ¿Quién era Carlos Suarez? La miré a la rubia y alguien me chistó por dentro: el director. Tenté por esa vía y le pregunté, arrastrando las palabras como para recibir una respuesta antes de completar mi pregunta. "Carlos..." "Ya le dije" me respondió con algo de fastidio, "me dijo que enseguida regresaba": Ergo, Carlos Suarez era el director, y esta su amante, ja ja. Seguí avanzando con las preguntas, me puse de pie como para retirarme y le dije: "siempre va al bar ese, como se llama". "El Gato Negro" me respondió, "tal vez lo encuentre allí". ¡Bingo!

Me despedí amablemente y partí para el Gato Negro. En el trayecto lo busqué por el GPS. Estaba a dos cuadras. Era increíble como los conocimientos adquiridos no habían desaparecido como quien borra el historial de búsquedas y permanecen ciertas contraseñas y archivos almacenados. Así parecía operar mi cerebro porque o sino tampoco sabría el idioma para expresarme. Enseguida estuve allí. Inconfundible, un gran cartel de chapa dibujado a pincel lo anunciaba a media cuadra. En realidad se observaba el gato como desde arriba de una cornisa; estaba gordito, ja,ja. Qué extraño pensé, Gato Negro suena más a casa de citas que a bar. Tal vez en sus orígenes lo había sido por su ubicación cerca del puerto. Sí, Gato Negro, sonaba a boite, un antiguo boliche donde los marineros buscaban el amor después de meses de ausencia. Aunque supongo que también se formarían parejas. Pero quién lo iba a confesar por aquellos años. Llegué, un hombre me hizo señas desde un ventanal, señalándome con el reloj el retraso. Al ingresar lo reconocí de pleno. ¡Era el que nos había convocado al directorio! Me preparé para recibir otra filípica. "¡Cómo tardaste tanto!" me reprochó amistosamente. "Te busqué en tu oficina". Pero si sabes que nos reunimos aquí. "¿Querés que se entere todo el mundo?" Uy, quedé de una pieza. ¿Seríamos amantes?

Pero no paso mucho tiempo para darme cuenta que la alusión venía por otro lado. Su lenguaje contrastaba largamente con el de la reunión. Ahora me hablaba como camarada, como compinche, como si entre los dos guardáramos un secreto. Pero no, no era lo que me temía. Por un momento pensé que me tomaría de la mano; ¡y lo hizo! cuando se me acercó y me susurró algo. En ese estado bajo el temor de perder mi virginidad no entendía de lo que me estaba hablando y solo me guiaba por sus gestos y ademanes, esperaba que en cualquier momento me acariciara la mano y me acercara sus piernas a las mías, pero no sucedió. Me soltó, tal vez lo había hecho para enfatizar sus argumentos, para que nos cuidemos de algo que iba a suceder de forma inminente.

No podía salir de mi estupor. Sería puto, digo, yo, además, sería puto. Porque de otra manera no me hubiera preocupado su aliento tan cercano. No podía recordar haber tenido fantasías homosexuales; en realidad no podía recordar ningún tipo de fantasía. Tal vez, como diría Freud, este borrón de recuerdo se debía a eso. Él acercó más su rostro con aroma a tabaco agrio ¡qué asco! Epa que estoy diciendo, ¿no lo seré? Pero Carlos me seguía hablando casi al oído, te quiero, te extraño, pero no, no me decía esto. En realidad me hablaba de cosas comprensibles, pero yo, preocupado, no anudaba un sentido, como quien al traducir un texto de otro idioma, reconoce las palabras pero no puede construir el sentido de la oración.

En ese momento apareció otra persona en la vereda, y por detrás del vidrio le hizo una seña para que se acercara. Enseguida vuelvo, me dijo, y salió del bar.

Intenté anudar sus palabras en una idea. Barco, embarque, comisión, secreto, porcentaje, valija, era evidente de lo que me estaba hablando. Ahora caía, qué iba a ser puto, me estaba hablando de una estafa, de un negocio privado que hacíamos por fuera de la compañía; se me fueron anudando las palabras. ¡Con razón ese cambio de tono al hablar! ¡Éramos socios!

Cuando regresó, retomé la charla con más soltura.

Enseguida me preguntó si había recibido la llamada. Le dije que no. "No te habló. La puta... qué mina. Ya le hablo, te tenías que reunir con ella para arreglar todo". ¿Con ella para arreglar todo? esas palabras me hicieron ruido. Una mina, me tenía que llamar una mina. Mientras Carlos aguardaba en el teléfono yo ya tenía la respuesta. ¡Pelotudo de mí!

Escuché que Carlos le reprochaba, pero enseguida empezó con eso de aaa, sí, claro, por supuesto, esperá. "Dice que ya te habló y quedaron en encontrarse en el Lloyd", me pegué un cachetazo en la frente "qué boludo, la confundí con otra". Carlos se rió sobradoramente y le dijo, "te confundió con otra"; ahora, se reían los dos. Y seguían riéndose de mí, no se detenían. Reaparecía el mismo Carlos de la reunión del directorio. Cortó y no pude dejar de preguntarle. "¿De qué se reían?" "Me preguntaba si esa Lucía era la que te hacía los rulos" largó la carcajada. Qué me querían decir, no tuve más remedio que acompañarlo con su risa.

Las ideas se me volvían anudar, ahora mi vida no solo se parecía a lograr entender el sentido de una frase, sino desentrañar el sentido de una novela, y no digo de un ensayo o una tesis porque éstos ya han sido aclarados en el prólogo o tal vez con solo leer el índice sabemos a qué atenernos; y de alguna manera no digo cuento porque todo cuento tiene un inicio, un desarrollo, un nudo y un desenlace. Pero una novela se parece mucho a la vida; es casi imposible de desentrañar su sentido, y mientras más se aleja de ese sentido más se parece a la vida. Aunque ¿tendría algún valor si la novela fuera idéntica a la vida? Entonces, yo trataba de desentrañar el sentido de mi existencia como si fuera una novela, ¡epa!

Cuando me despedí de Carlos una idea me volvió a reaparecer: ¿sería puto? Lo único que faltaba. Pero si tenía una mujer era posible que no lo fuera. ¿Pero ella no sería un travesti o algo parecido? Estuve a punto de ir a preguntarle al gallego, pero en su conversación no había ningún indicio de que lo fuera. Es más, la voz de ella era bien femenina. Alejé la idea por alocada. Apuré el paso en dirección a la oficina y al pasar por una obra en construcción alguien me chifló desde los andamios y otro agregó "¡qué culito!" Sin darme vuelta, apreté mi paso y el culo, hasta descubrir el motivo de las vivas, una morocha contoneante que avanzaba por el frente; alivio.

Debía tranquilizarme, tal vez los de los rulos no se refería a los rulos sino a otra cosa.

Algo me había quedado claro, que la conversación que había tenido con Lucía era solo un código, semejaba una trampa de amantes pero en realidad hablábamos de otra cosa, de un defalco.

Entré al hall y enseguida el aire fresco me envolvió. No me gusta que lo pongan al máximo, pero sí, sentirlo.

Había vuelto la morocha apretada y me reiteró su sonrisa en boca roja. Me acerqué, quería poner a prueba mi virilidad. Me acodé al mostrador como si estuviera en la barra de un bar y le di de lleno.

-Qué es de tu vida.

Se rió, se contoneó, era el tipo de mujer recorrida por la electricidad. No sé cómo serán en la cama, tal vez toda su sensualidad se desgasta al andar y a la hora de los bifes es un queso sin sal, o de esas que te empiezan a decir, así no, de la otra manera, así sí, eso no, ¡uuuhhhh! cuando uno ha logrado que se encienda, el loco empieza a perder sus bríos. ¡Qué se piensan! Que uno tiene un tizón entre las piernas.

-Qué decías, me preguntó la morocha.

¡Epa! ¿Habría estado hablando solo? Titubeé en la respuesta.

-¿De qué?

-Me dijiste de un tizón.

Uyyyy, habría estado hablando solo. Se me quedó mirando con cara de pedigüeña.

-¡Estás muy linda! -arriesgué y se volvió a contonear. La cosa venía bien.

-Uy -me dijo-, ahí viene la bruja.

Enseguida me desatendió y empezó a repasar un cuaderno de tapas duras. Era la antiojuda que se acercaba con una resma de papel entre los brazos.

-Tomá Cristina -se lo dejó en el mostrador- y no desatiendas tu tarea.

Me echó una mirada reprobatoria. Cuando la vi alejarse le dije a mi amiga:

-¿Le ponen vinagre? -largó la risa y arremetí- tenemos que salir a tomar algo.

-Cuando quieras -me respondió de inmediato-, avísame con tiempo así dejo los chicos en lo de mi mamá.

-Chau, me voy para la oficina -le dije feliz, exultante. Tenía el corazón radiante, respiraba abierto, el aire me entraba a mansalba como después de una conquista. Me faltaba bailar en una pata.

Al entrar a mi sección, los empleados seguían afanosamente trabajando. ¿Se habrían tomado el descanso? Observé algunos pocillos de café y bandejitas con restos de comida. Seguramente se harían traer la vianda. ¡Ni siquiera iban a respirar afuera! Tal vez, en el invierno, al salir de la oficina ya era de noche y al entrar por la mañana, lo mismo, como una novela del siglo XIX, Naná de Emile Zola, estremecedora.

Entré en mi oficina. Nuevamente me habían dejado un fardo de expediente para que los firmara. Ahora bien, yo firmaba, firmaba, no me cansaba de firmar, sin saber de qué se trataba. ¿No me estaría hundiendo hasta los ijares? Acá había un negociado, del que yo era parte, pero el que firmaba era yo. ¿Carlos también pondría la suya? Tenía muchas cosas por averiguar. Siguiendo con el ejemplo anterior, Si esta historia había empezado como un cómic (un recuadro donde mi secretaria me indicaba mi oficina), rápidamente se había transformado en una novela de misterio, pero a poco andar era esto: un policial donde se había producido un defalco y solo faltaba que apareciese el detective; aunque, extrañamente yo ocupaba ese lugar, yo era el detective que tenía que averiguar de qué se trataba. Una variante del género como se lo puede leer en Crimen y Castigo de Dostoievski donde se ha producido un crimen y al contrario de un policial clásico el lector conoce al criminal, y el detective, al parecer, no; y la intriga pasa no por descubrir al criminal sino en descubrir si el policía sabe o no sabe que Raskolkinov asesinó a la usurera. Una novela policial a la vista de todos, de paredes de cristal. Un claro corrimiento.

En fin, debía averiguar en qué estaba yo envuelto. No quería ir gratuitamente de por vida a la cárcel.

Entró la chica del servicio y me preguntó si iba a tomar algo. Le pedí un café y ella sonrió extrañamente, le pregunté por qué y me eludió la respuesta con un gesto de obviedad. Por lo visto había decenas de cosas que debía averiguar sobre mi personalidad. Como ser, ahora era jefe, ¿y antes qué hacía? Bueno, tal vez, cuando regresara a mi casa se me develaría.

Tomé el primer expediente y comencé a hojearlo. No entendía nada. Para colmo estaba escrito en un lenguaje especializado. Carta de porte, carta de embarque, Cif, Fob. A cada frase tenía que guglear la definición. Sí, no cabía dudas, era, o una empresa de navegación o una compañía exportadora o importadora, naviera. Tendría que prestarle mayor atención. Ya sé, ahora no, pero con el tiempo averiguaría como era eso y el lenguaje propio, ¿cómo se dice? también lo guglearía. Uno no puede escribir de un tema si no maneja el vocabulario.

En fin, sello y firma, sello y firma, firma y sello, y a otra cosa. Golpearon la puerta, era la empleada con el café. No estaba nada mal. Ummh, ¿tendría sexo con mi señora?, esto de ver deseables a las mujeres, se estaba repitiendo a menudo. Faltaba mirar pasar una escoba e irme de ojos detrás de ella. ¡Qué figura! En fin, esta minita de la recepción me tenía obeso. ¿Obeso? ¿Y esa palabra? ¿Tenía algún sentido? Obeso vendría a ser satisfecho, completo o algo así. Podría haber elegido otra.

En fin, suponía que en un par de horas me podría retirar. ¿Qué hacer? Mientras saboreaba el café me puse a revisar el WhatsApp. La mayoría era gente que hacía alusiones políticas o mandaba fotos de la vida familiar. Me mostraba los hijos, los sobrinos, los padres, como quien va de visitas y en un momento de la reunión se decide por mostrarle las fotos de su viaje a Islandia o las fotos de la graduación de su hijo.

No formaba parte de ningún grupo; me hacía la idea de que o yo no era muy sociable o estaría muy ocupado con las mujeres. Me parece que estoy abusando demasiado de la expresión o esto o lo otro. Es tentadora porque cierra las posibilidades y da a elegir dos opciones, pero es engañosa porque en la vida real los motivos, las causas, las posibilidades, son múltiples, y generalmente uno no acierta a aislar la principal. Eso de uno o lo otro nos da la tranquilidad de un círculo, un triángulo, algo acabado y sin rollos, como se dice

Entré en mi Facebook. Lo busqué en la PC. Quinientos amigos, ningún seguidor. La última entrada había sido el día anterior. ¡Qué raro que no había buscado aquí antes! Podía encontrar una pila de información sobre mí. También es cierto que uno tiene que empezar por algún lado.

¡Qué de boludeces que subía! Y sin embargo me ponían un sinfín de ok. y hasta me halagaban ¡Qué inteligente! ¡Sos grandioso! ¡Siempre con la justa! Aunque notaba que lo que yo decía lo podría haber dicho cualquier otro. En fin, hablaba bien de mí. No importaba lo que dijera sino que lo dijera yo. Estas cantidades de clics se debían a algún motivo que desconocía, pero por cierto no a lo que decía. Podía atribuirme unas palabras de Platón y ya me ponían ¡¡genio!! Es más, descubría que le había copiado lo puesto por otro amigo y me llovían los memes y al otro le habían puesto dos clic y una crítica.

Por lo visto, yo no era una persona muy original y ni me importaba serlo; solo me importaba recoger memes. ¡Qué boludo! ¡Para qué quería tantos memes! Era un vanidoso, sin duda. Bueno, digo, era, porque ahora no haría el mínimo esfuerzo por serlo. Prefería pensar en la recepcionista.

Tenía mucho material en el Face para conocerme. Aunque tampoco quería conocerme demasiado por temor al horror. Ummmh, pareciera una frase a medida para un psicólogo.

Dejé que la hora trascurriera, pero, ya no tenía postura para acomodarme en el sillón.

Finalmente escuché un agitado movimiento en la oficina. ¿A qué se debía? Los ruidos no cesaban, por allí alguna palabra suelta y un adiós. Si había algo importante para decirme, ya me informarían. No me gustaba ser un perro fisgón. Me agradaba que la gente se sintiera cómoda en su trabajo. ¡Epa! Éstas son palabras absurdas. ¿Cómo podía saber qué me gustaba? Bueno, puede ser, no sabían quién era pero las costumbres no se me habían borrado del rígido, como ciertas contraseñas que permanecen después de borrar el historial de búsquedas. ¡Umm! Me parece que esto ya lo dije, tal vez lo tendría que borrar.

Después, escuché un profundo silencio. Como nadie me venía a informar sobre los hechos, me incorporé cuidadosamente del sillón y me acerqué a la puerta como un gato, casi de puntillas. Quería mostrar indiferencia, la mejor manera de la asiduidad; la falta de sorpresa hace a la rutina, me dije, y entorné la puerta como para salir a tomar aire fresco. ¡Y qué me encontré! Una absoluta soledad y silencio. Como se dice, el silencio se podía cortar cuidadosamente con una navaja y servirlo en bocaditos. Bueno, algo así, pero vale.

La oficina había quedado como las ruinas de Pompeya (umh, me parece que esta metáfora ya la usé alguna vez); como estatuas. ¡Claro! yo jugaba a las estatuas con una vecinita de al lado, Liliana, de la que me enamoré a los cuatro años. ¿Esa es la edad en que me hubiese gustado quedar, como estatua, enamorado? Sí, ahora aparecería un primer recuerdo del pasado ¡Liliana! Una gringa pulposa con la que me gustaba jugar al doctor. Era una brecha del pasado pero también podía ser solo una fantasía aunque de la manera que lo dije lo doy por cierto: no se encadenan las palabras por azar, un profundo significado las suceden (esto ya parece Freud o Lacan; ¿los habría leído? ¿Sería sicólogo? Se dice que en Argentina hay más sicólogos que personas).

Sí, la oficina había quedado de cera como las ruinas de Pompeya. Un cuaderno abierto, un cajón sin descorrer, un papel arrugado por el suelo, un paquete de masitas a medio comer, una tijera con la boca abierta, y hasta una prenda de hilo en el respaldar de una silla y un ventilador de techo vacilante. Solo estaba ordenado el silencio simétrico de las pantallas mudas; los programas se habían esfumado y alrededor señoreaba el caos.

Le eché un vistazo, respiré hondo. En ese momento apareció la moza y me preguntó si me quedaría hasta más tarde, le dije que no, y empezó a apagar las luces. Ahora, sobre el silencio se había echado un manto penumbroso como si fuera otra capa de silencio. Creo que todos los sentidos están interconectados y si uno apaga la luz puede escuchar mejor una melodía. En fin, creo que todos los sentidos son uno. Tal vez una piedra los tenga unidos y nos pueda sentir, percibir, mejor que nosotros a ella. ¡Epa!

Tal que esto del silencio me tiene preocupado.

Me tenía que retirar para asistir a la cita. La busqué por el GPS: metro, colectivo, trecientos metros caminando. A dos cuadras estaba la parada del subte. Me encaminé hacia allí.

Bajé hacia el túnel, había pocos pasajeros. Extraño, si era la salida de la hora de oficina. Hasta llegar al destino tenía cinco paradas y tres cuadras. El coche estaba casi vacío. Me fijé en el rostro de Lucía para no equivocarme.

Y no me equivoqué, antes de llegar a la esquina, Lucía me estaba haciendo señas por la ventana. Entré, la rubia, a pesar de ser una cita de negocios, estaba muy bien. "Bebé", me dijo con una hermosa sonrisa. "Que tal nena", le respondí. No sé, fue lo que me salió. Nos tomamos de la mano, nos dimos un beso en la mejilla. "Tomás algo", "un café"; y nos metimos en el asunto.

El barco andaba en viaje y el arribo se había demorado por unas averías que lo había detenido en puerto una semana. El armador, un chino de apellido Nge Ngu Tianh o algo así, la tenía al tanto. El trámite de aduana iba a ser solo un trámite, "sabés que allí está Luisito, un amor". Calculaba unos diez mil contenedores porque venía con media carga, para disimular. La otra media la había descargado en Ciudad del Cabo.

-¿Hicieron un inventario?

-Hay de todo. Desde pañales descartables a armas y municiones.

A medida que transcurría la conversación se me ocurrían preguntas, como si yo estuviera al tanto del tema. Y en realidad sabía solo lo que escuchaba y el desarrollo de la conversación era una zona borrosa hacia adelante, pero no solo hacia adelante, sino hacia atrás. Tanto hacia atrás como hacia adelante ignoraba todo. Hecho raro también porque en la vida cotidiana suele suceder lo mismo. Lo que va a suceder lo ignoramos y lo sucedido peca siempre de subjetividad. Los hechos no han sido exactamente como lo recordamos y la única forma de saber de qué se trata es vivir el presente. Aunque, aunque, no se trata de saberlo sino de vivirlo, una forma más completa del saber.

Entonces yo era parte de la conversación y sus palabras me sugerían preguntas, observaciones, objeciones, como un partido de tenis donde la pelota va de una raqueta a otra, el impulso de una da la forma a la otra, y una condiciona a la otra.

Y cómo se distribuía eso, le pregunté y se largó a reír y me tomó de la mano. "Qué te pasa", le pregunté con ingenuidad. Se recostó sobre el respaldar de la silla junto sus manos en un signo y me respondió: "¡Eso lo tendrías que saber vos!" Volvió a descomponerse de risa.

Uuuu. Tenía que saberlo yo. No tuve tiempo de reaccionar, no tenía la respuesta. Me puse pensativo y sí, sí, me restregué el mentón. Debería saberlo.

-¿No me digás que no tenés preparado nada?

-Si tengo, pero la cosa se complicó con el despachante de aduana.

-Pero ya te dije que lo soluciona Rulito.

(¡Qué pelotudo, si me lo había dicho!)

-Sí, pero se me complicó, para colmó perdí el teléfono.

-Te lo paso y arregla con él.

Nos despedimos; después anduve vagando sin rumbo.

¿Qué me pasaba? Poco a poco iba tomando conciencia de los hechos. Lo que más me extrañaba era que no hubiera recurrido al médico desde el primer momento. Una persona que no sabe quién es, inmediatamente pide ayuda. Se trataba de una amnesia, una desorientación, no sé específicamente como se dirá. Es muy extraño. Puse de motivo que no quería perder el trabajo, pero podría haber salido corriendo con una excusa y más tarde, regresado.

Tal vez pensaba en lo más profundo que estaba en un sueño; en un sueño uno no se hace preguntas, acepta la realidad como se le presenta, como si el pasado inmediato, el de la vigilia, hubiera desaparecido. Como si hubiera entrado a otra dimensión y se tuviera que manejar con sus propias leyes, a veces ilógicas. Pero mi caso había sido diferente, yo no sabía quién era. En un sueño uno sabe quién es. Puede que no sepa quiénes son los demás, pero no se lo cuestiona. Aquí no sabía quién era yo. Tal vez había tenido algún temor profundo como que se me tomara por loco y se me internara inmediatamente, que perdiera el trabajo, que otro ocupara mi lugar y que los buitres revolotearan sobre mi cadáver. Puede ser. En fin, recién ahora me cuestionaba profundamente el tema de mi identidad y por qué había perdido la memoria. Digo me cuestionaba todo lo hecho hasta aquí sin haber recurrido a un especialista.

Regresé a casa. Lo de siempre. Raro esto de lo de siempre, si hacía pocas horas que tenía recuerdos y ahora digo "lo de siempre". Sí, tal vez había olvidado mis vicisitudes personales pero no las urbanas y sociales; un nuevo recorte de la realidad, como un narrador que sugiere situaciones pero el lector le pone lo suyo, el color del gato, de la casa, las precisas escaleras que suben al porche y esa rubia que sale a hacer las compras. Y el tiempo. Sí, el tiempo, por lo general las novelas no dan precisiones de tiempo y otras ni siquiera de espacio, son atemporales. Transcurren en el alma de los personajes.

Ahora me aparecen recuerdos de entresueño, ese momento dudoso en que permanecemos aún en la vigilia pero ya empezamos a ser invadidos. Es sorprendente observar un paisaje sin que uno se lo proponga, unas calles irreconocibles, un rostro que lo observa, una mujer que cruza. Como si uno hubiera agitado los dados y las suertes dieran esto o aquello. Tal vez de forma idéntica a la vigilia donde al salir de casa uno se da con un paisaje siempre diferente aunque creemos ser el mismo. Como dos mundos, el del sueño y el de la vigilia. Nosotros damos por cierto que el segundo es el principal pero tal vez lo es el primero; en el sentido de que el de estar despierto sirve para alimentarnos, procrear y guarecernos. Pero la vida sigue en el submundo de los sueños, el pulso, la respiración, la digestión, y los personajes, y las historias. Tal vez la vigilia se desarrolle en función de los sueños y no sean los personajes como dice Freud, un mero pastiche de los hombres y mujeres que frecuentamos de día. Tal vez sea al revés, los hombres de la vigilia sean solo figuras de los sueños. En ese sentido se acercaría a la idea de inconsciente. Ignoro por qué se me ocurren todas estas ideas. Tal vez sean esos mismos personajes nocturnos que me impulsan a escribirlas.

Subí por las escaleras, metí la llave y entorné la puerta vidriada. Saludé al portero, pero, pero, no sabía cuál era mi piso. Así que, de forma apresurada, lo busqué en mi documento, octavo C. Hacia allí fui, hacia lo desconocido. El corazón me empezaba a golpear y, extrañamente, la garganta se me cerraba. ¿Qué temía? ¿Qué iba a buscar allí? Parecía solo una cama, pero sin duda había algo más. ¿Buscaba mi historia, mi pasado? Tal vez, porque de otra manera muy bien podría haberme alojado en un hotel. Pero sin embargo, al parecer, algo del corazón me traía hasta aquí. Salí del ascensor y me dirigí al C. Metí la llave y entorné la puerta. De espaldas al televisor, sentada en un sillón de felpa gris estaba Susana, mi mujer. De inmediato descubrí el pañuelo que le envolvía la cabeza, la quimio. Me acerqué despacio y le di un beso en la mejilla, su piel estaba mustia. Apenas se movió. Se había quedado dormida. Era un estar que daba a los balcones y a la cocina. Las habitaciones estaban detrás, eran dos. Haciendo el menor ruido posible me acerqué a la cocina, una barra flanqueada por la heladera, mesada y demás. Tenía hambre. Abrí la heladera y la luz me indicó alguna comida sobrante del mediodía. Lechuga, carne fría en fetas, tomate, lo que había. Lo llevé a la mesada y me serví.

El silencio se extendía alrededor mío. Era un lugar próximo y lejano a la vez. No lo sentía como extraño pero tampoco habitual.

Aproveché ese silencio para ir a revisar las piezas. En la del fondo estaba la cama matrimonial. Me senté sobre el colchón, abrí el primer cajón de la cómoda, era de ella. El segundo, también, el de al lado, lo mismo. ¿Dónde estaría mi ropa? Mis cosas. Del otro lado, descorrí las puertas del placar con igual suerte; en ese momento me cortó una voz a las espaldas: "¿Qué estás buscando?" Allí, de inmediato, tomé conciencia de que esa ya no era mi habitación. "Un regalo que te había hecho..." reaccioné con rapidez. "Me hiciste muchos regalos", escuché que me decía "pero eso ya pasó" agregó con una voz quebrada, enfermiza.

"No tiene importancia", le contesté y salí de allí. La angustia me subió por el esófago, agria, astillada, como de vidrio molido. Irreparable. Ahora, en mi habitación, tomaría contacto con mi historia, con mi verdadera historia, o por lo menos encontraría rastros como quien ayudado por un terapeuta se interna en el inconsciente, una historia desconocida pero reveladora, los verdaderos impulsos del yo. Por momentos pienso que si fuera un pájaro el 90 o 100 por ciento de mi conducta me estaría marcada por ser pájaro; al extender los brazos volaría y los dedos quedarían ocultos entre los plumas. Y no me quedaría más que volar de rama en rama, y si fuera un hornero, construiría cada mañana mi casa. Un impulso que me dominaría; y si soy hombre, también, no me queda más remedio que ser hombre, y si algo estuviese oculto o vedado en los sótanos del inconsciente, saldría, aparecería por las buenas o por las malas. No me quedaría más remedio que ser hombre por más que soñara lanzarme desde una montaña y volar.

Regresé a mi habitación. ¡Qué raro "regresé" porque iba a entrar por primera vez! Tal vez sea un acto fallido y el cerebro me esté dictando mi pertenencia a esa habitación. Cuando entré, no me pareció para nada familiar, mas bien, extraña. Enseguida me senté sobre la cama y empecé a revisar el placar. Un ala estaba ocupada por mi ropa: trajes, camisas, remeras y ¡oh! ropa de mi mujer, minifaldas, corpiños, ropa de la juventud o de una madurez bien llevada. Parecía toda de estreno, tal vez la usara una o dos veces en la vida. De todas maneras lo sentí como una invasión, ella me había echado de su cama pero tenía intervenido mi placar, no me parecía justo. Me reí del divague y el reclamo de justicia. En el primer cajón encontré mis medias mezcladas otra vez con las de ella: medias caladas, medias de liga y hasta un bóxer o algo así. Ummhh. Pasé al segundo, pañuelos, cajitas, recuerdos. Tal vez allí podía encontrar algo. Una medalla, dos medallas, tres. y hasta cuatro. ¿Sería el campeón de algo? Me desacata... epa, estoy pronunciando otra palabra, quiero decir me destacaría. Ummm! Tal vez fuera un rebelde. ¿Y no lo somos todos de alguna manera? ¿Qué son esos berrinches de los tres, de los cuatro y cinco años? ¿No son una rebeldía contra las normas de los mayores? Al orden, a los horarios de comida, a los gritos, al desorden propio de un ser viviente, que los padres intentan normalizar por medio de amores y castigos. Y la segunda rebeldía, al despertar el sexo, a los trece, catorce años, donde nos encanta romper las normas de la moda, de la música, del lenguaje, de la risa, de la propia vida. Y nuevamente los padres que nos encauzan por las reglas sociales, por los carriles correctos.

¡Cómo me gusta pensar! Eso se nota, no hay dudas. Elaborar teorías, reflexiono con el cajón abierto de las penas, digo, de las medias. ¿Por qué pensé penas en vez de decir medias? Tal vez todos estos razonamientos estén guiados por las penas, impulsados por las penas, porque si yo fuera un hombre feliz ¿para qué tantos rollos? viviría, gozaría de la vida y punto. ¿O el orgasmo necesita de palabras? Solo un grito desgarrador, como si crujiera la tierra.

Tal vez estas palabras sean solo un grito de rebeldía, como si estuviera encerrado en un cubo y gritara desesperado. Tal vez.

Mañana tendré que ir al médico para preguntarle por qué empecé de nuevo, no recuerdo el pasado y no sé quién soy como en la primera página de una novela. Por qué me he quedado detenido a las puertas de este cajón de medias. De mierda, pensé antes, tal vez porque todo esto es mierda, nada más que mierda. Respiro, me miro contra la luna del espejo de la cómoda y descubro que esto ya no es un placar, es una cómoda, y descubro que es el espejo de la cómoda de la casa de mi madre; pareciera ser la primera punta del ovillo de mi pertenencia.

Esto se ha desmadrado, me trato de concentrar en la respiración. Sube y baja, baja y sube; giro de golpe mi cabeza y descubro a mi mujer sonriendo desde el marco de la puerta; niega con la cabeza como diciendo "incorregible". Se retira como una sombra. ¿Qué me reprocha? Algo me reprocha, pero no sé qué. Sigo revolviendo los cajones y ¿qué descubro como escondido al fondo? una fusta y un antifaz. ¿Y esto? Me incorporo, entorno la puerta y me pongo el antifaz frente al espejo. Amago con la fusta, meneo la cabeza, también el cuerpo. Pareciera un instrumento de sadomasoquismo. Los arrojo sobre el colchón de la cama y me precipito sobre el mismo cajón: lo que esperaba, preservativos, líquido lubricante y un consolador. ¡Sí! No caben dudas, esto es un consolador y ¡de gran tamaño! Hay una vena que sobresale sobre la piel de látex.

El descubrimiento me vuelve a abatir. ¿No sería puto? Sin embargo me atraen las mujeres; por lo menos desde que tengo uso de conciencia, desde que aparecí. Cada mujer me despertaba el deseo. Hasta había hecho una media cita. Y los hombres si no me producían aversión, se me presentaban como un obstáculo.

Continúo mi búsqueda. Mínimas bombachas, corpiños, tangas, una maya que deja descubierto el culo. ¿Puto? No, reputo. Voy a otro cajón, pelucas, lápiz labial, pestañas postizas. ¡Travesti! Esa es la palabra. Me cruza una idea por la mente, pero no es el momento. Tal vez tendría que hablarlo con mi mujer, pero sentía una frialdad extrema cuando me acercaba. Como si fuera una sombra silenciosa que recorría la casa. Ahora se desliza de nuevo sobre las alfombras como un gato. Es un segundo apenas que pasó delante de mi puerta. ¡Qué es todo esto! No lo alcanzo a comprender, más que el médico, necesitaría un sicólogo. ¿Tendría uno? ¿Cómo averiguarlo? De nuevo pasa la sombra delante de la puerta y la llamo. "¡Susana!" Vuelve sobre sus pasos. "¿Qué querés ahora?" me pregunta. "Perdí el teléfono de mi sicólogo, ¿lo tenés?" Cabecea y me responde. "No lo podés haber perdido si desde aquí veo tu libreta en la mesa de luz". Me doy vuelta y recién la descubro, en realidad, al hilvanar las palabras aparece ante mí, como si Dios dijera en el paraíso "hombre" y creara al hombre, al nombrar se crea la realidad; el escritor avanza por el texto al mismo tiempo que el lector, y crea y descubre la realidad al mismo tiempo que éste. Tal vez yo sea eso, un escritor. De otra manera no se me cruzarían tantas citas literarias. La diferencia con el lector sería que el escritor es el primero que descubre el camino, el que abre el sendero, y después los lectores pasan por allí y lo recrean. Y en la medida que lo recorran el camino se hace más y más claro, apartando las malezas; pero si nadie lo transita es de nuevo invadido por el paisaje y todo se vuelve indiferenciado, aislado como una bolsa llena de palabras, un diccionario. Y lo sepulta el olvido. Hasta que alguien, alguna vez, redescubre aquella antigua ruta y decide abrirse paso entre la maleza, aunque las palabras ya resulten extrañas, anacrónicas. Suele suceder, aunque no a menudo.

-¿Qué te pasa? -me pregunta mi señora. Reacciono, vuelvo a la habitación, al cochón y a la mesa de luz. Por un momento me voy de esta realidad y me interno en otra.

-No sé -le respondo mirando de costado.

-Hablabas solo -me dice.

-Disculpá -le digo.

Ella vuelve a cabecear y continúa su marcha.

Voy a averiguar sobre la libreta de direcciones.

¿Qué significa su marcha?, me pregunto. Una persona que sabe o que duda cuántos días le restan por delante. Que más sabe, que duda que tiene una sentencia por cumplir. Una persona que camina en dirección a la muerte, silenciosa, que parecería que la está buscando, husmeando por los rincones; tal vez por eso camina silenciosa de una pena a otra. Se detiene en el estar, observa el televisor prendido, pero lo observa sin observarlo, en su propio globo, sin empatía; se sienta en el sillón de felpa pero enseguida se pone de pie como si hubiera olvidado algo en su habitación, pero no se ha olvidado nada. Busca entretenerse con algo pero no lo logra. La vida ha perdido todo sentido aunque nunca lo hubiese tenido. Ese momento final donde ya se tiene la certeza que esto se acaba; un momento donde debemos pasar todos, cobardes y temerarios por igual; virtudes que sirven para la vida pero no para la muerte, un río que todos debemos cruzar. Y me aferro a Dios para ese paso, para que me ayude a pasar en la desesperación del momento aunque, tal vez, del otro lado no me espere nadie. ¡Terrible!

Me gana la compasión. No sé si le he sido infiel, si soy un pésimo marido, pero me gana la compasión. Aunque al hablarle solo escucho una voz fría, metálica, como de lápida.

Debo hablar con mi médico, con mi sicólogo o siquiatra o lo que sea para salir de este laberinto. Me estiro hasta la mesa de luz para alcanzar la libreta. Busco por la s, no encuentro nada. ¿Qué hacer? No tengo otra posibilidad que revisarla toda. Tal vez encuentre alguna seña. Comienzo. En la A nada, aunque algo me alienta a seguir con la búsqueda, en Almada anoté entre paréntesis "electricista". Continúo con la B pero mi expectativa declina. Los nombres no tienen ninguna aclaración, más bien aportan confusión como esas enigmáticas "t" o "g" que se repiten. Paso la C, la D, la E, la F y la G. ¡Oh sorpresa! Leo Gonzalo Miranda y entre paréntesis "sicólogo" respiro hondo. Ese es mi lugar.

De inmediato le hablé por teléfono. Me atendió una mujer, era una clínica. Enseguida le pedí un turno. Pero usted ya tiene un turno asignado el día martes a las 18. Discúlpeme, lo había olvidado. Bueno, el martes, entonces. Sí el martes, me respondió la secretaria. Disculpe, le agregue, usted no sería tan amable de repetirme la dirección de la clínica, últimamente he tenido algunos olvidos. Entiendo, me dijo con algo de pesar. Avenida Moreno 828. Gracias, le corté.

Sentí un gran alivio, era lunes después del trabajo me dirigiría allí.

Esto de estar loco me daba ciertas ventajas. Podía preguntar a cualquiera cómo me llamaba y si tenía hijos, hermanos y todo lo que se me ocurriera. Mi destino era el sicólogo, cualquier cosa que dijera estaría justificada. Cualquier pregunta, también.

Como lo que voy escribiendo lo reviso al otro día e inmediatamente hago una digresión que me parece necesaria o adecuada, como ésta; recuerdo a Proust (es fantástico e increíble que lo recuerde a Proust y no recuerde mi nombre, solo en una novela suceden estos deslices, y en la locura, por supuesto). Bueno, los borradores de "En busca del tiempo perdido" están llenos de agregados entrelíneas y él utilizaba unas tiras de papel que pegaba en determinada línea del manuscrito tal que cada hoja era en realidad una hoja con flecos de serpentinas adheridas en su dorso. Entonces, en esos agregados, digresiones, se conformaba el estilo de Proust, serpenteante, intrincado, yuxtapuesto, de tal manera que entre una persona que se bajaba del cabriolé frente a la iglesia y su entrada por la nave principal, podían transcurrir treinta páginas de recuerdos, digresiones, proyectos y distracciones. ¡Genial! Y si Proust hubiera tenido en sus manos una computadora, no solo le hubiera facilitado el trabajo de escribir entrelíneas como hago ahora, sino que hubiera duplicado largamente los siete tomos de su obra y hoy todavía los estaría leyendo; no nos alcanzaría toda la vida para completarla. ¡Albricias!

Ahora estaba oscureciendo y no sabía qué hacer de mi vida. Esa persona que estaba en la otra habitación, de la cual me compadecía, era una extraña. No me sentía a gusto en ese lugar. No era mi lugar. Para qué seguir revolviendo los cajones, las conjeturas, al otro día tendría una respuesta. Decidí salir a dar una vuelta. Comería algo por allí, y tarde, regresaría a casa.

Le dije a Susana que cenaría afuera. Ella, desde el recuadro del pasillo que daba a las habitaciones del fondo me respondió: "¿Para qué me lo decís? Es lo que haces todos los días". "Es que voy a volver tarde. ¡Qué novedad!" me respondió.

Bueno, al menos me confirmó una rutina. ¿Qué haría yo hasta tan tarde?

Al salir, me miró extrañada.

-¿No te llevás la mochila?

¿De qué me hablaba?

No atiné a responderle nada.

Mochila, mochila, la palabra me fue repiqueteando en el ascensor, en la puerta de entrada, al saludar al portero, y me siguió repiqueteando por las calles laterales hasta alcanzar la avenida.

Enseguida ubiqué un bar al frente con todo su ventanal contra la ochava, como una frente iluminada. En esos lugares cuidan mucho de la limpieza y del perfume, y uno respira limpio por fuera y por dentro por más que no lo esté.

Ubiqué una silla de madera lustrosa y me senté. ¿Sabrán los porteños que se sientan en una silla de madera lustrosa? Ta vez no, como dice Borges, en el Corán no existen camellos, o algo así. La idea es que si el hecho es habitual uno no lo menciona, ¡vamos! si en la literatura también, se dan por sabidos una infinidad de conocimientos del lector medio, y si uno ha introducido un decorado no se lo vuelve a repetir. Dos revelaciones tuve en ese episodio. La primero, que yo era del interior, porque o si no, ¿por qué enfatizar las sillas lustrosas como si las hubiera visto por primera vez? Y lo segundo, que yo no era escritor.

Todas conjeturas. En fin, le pedí un té con leche y me llenaron de utensilios que yo no había pedido. El mozo descargó sobre la mesa un batería de cocina de metales bruñidos y una variedad de masitas, mermeladas y grisines que tampoco había pedido; además de una ristra de saquitos de té, ordenados en una pequeña batea de madera y una jarrita con leche y otra con agua caliente; pero me quedé totalmente sorprendido, solo me alcanzaría para llenar una exigua taza. Pensé en solo un golpe de efecto, de deslumbramiento, destinado llevarse el mozo una buena propina. Aunque también dudé del costo de todo ese despliegue.

La ceremonia del té con leche me llevó su tiempo y hasta tuve un último asombro al darme con variedad de endulzantes, azúcar blanca, azúcar negra, edulcorante de baja, alta y media calorías y hasta endulzantes a base de dátiles y de miel de abeja. Estos detalles innecesarios son los que encarecen el producto como cuando el chef de cocina, al inclinarse, calcula el ángulo del perejil clavado sobre el guiso de lentejas. Esa maniobra triplica el precio, no se sabe si por la sabiduría del experto, el perejil o la hernia de disco del cocinero.

Sorbo a sorbo me fui bebiendo el brebaje mientras observaba las conversaciones cruzadas entre las mesas. ¿Qué podrían estar hablando? No alcanzaba a distinguir las palabras, una lástima. Sería un acervo literario increíble. ¿Por qué digo esto? De nuevo la pregunta. Hay unos audífonos que amplifican los sonidos, tal vez los mismos que usan los hipoacúsicos. Nadie notaría el fisgoneo, pasaría irreconocible entre los viejos. Sería una forma de entretenimiento fabulosa, competiría con las redes, con la televisión y la radio.

Me detuve allí más de una hora, intentando estirar el día mientras la oscuridad ganaba la calle. ¿Qué hacer? Todavía no tenía sueño. Se me ocurrió algo, y la pregunta que me hago ahora es por qué no se me ocurrió desde la primera línea: sacar el celular y ubicarme con el GPS. Muy simple. Tal vez si hubiera hecho eso del principio, al entrar a la oficina, estaría en otro lado, los acontecimientos se hubieran desarrollado de forma diferente, como quien elige un camino en la vida y no otro y los hechos varían. Claro que sí, estas circunstancias que uno cree taxativas, no lo son, podrían haber sido diferentes, y tal vez el azar tenga mucho más que ver que lo que pensamos. Y así como el azar hace que un esperma llegue antes que otro y he nacido, tal vez todo sea así por más que le demos vueltas. Los griegos lo resolvían fácil, había un destino que debía cumplirse. ¡Qué sé yo! ¡Cómo me gusta enfrascarme en estas disquisiciones inútiles!

En fin, saqué el celular y abrí el google maps. Yo estaba en ese punto y todo el mundo sabía que estaba allí. Por lo menos Google y si alguno quería saber dónde estaba yo, la respuesta sería inmediata: "andá a preguntarle a google". Seguirme al salir del bar y robarme la cartera. ¿La cartera? ¿Por qué dije cartera? Se le roba la cartera a una mujer, en realidad, se le arrebata, pero igual se entiende esa expresión más coloquial. Porque al usar una misma palabra para distintos significados si bien se empobrece el uso del lenguaje, se enriquece la velocidad mental para darse cuenta a qué nos referimos. Y si usamos palabras más específicas, se enriquece el vocabulario pero se empobrece esa velocidad neuronal o receptiva. Se dice del castellano que es más rico que el inglés en vocablos pero no se dice que es más pobre en esa astucia y velocidad neuronal. Son los riesgos del lenguaje, al afirmar algo, negamos lo otro. Bueno, esto se viene diciendo desde la antigüedad. Nuevamente me distraje, con el celular en la mano, en un lapso pasé del mundo real al de las ideas. ¡Uuummm! ¿Cuál será el más real? Para colmo el mozo se acercó y se quedó plantado frente a mí. ¡La maldita costumbre de mover las manos cuando pienso! El muchacho de chaqueta había quedado tieso. No sabía si aguardar o retirarse, confirmando mi locura. Sin embargo, aguardó hasta que lo entreví entre un silogismo y otro. "Disculpe, disculpe" atiné a decirle, "esta vida que llevamos". Se inclinó asintiendo con las manos tomadas por detrás.

-Me trae la cuenta.

Enseguida me puse sobre el google maps. Ese era el bar y ese era yo. Agrandé la pantalla para ubicar la ciudad. Allí estaba, en ese punto diminuto. Aposté más, puse la vista desde el espacio. La tierra, atención, atención, orbitando la estación espacial Soyuz 24, aquí el comandante de a bordo Charles Smith, dije en voz baja y me reí; al levantar la vista me encontré con la mirada extrañada del mozo que suspendía en el aire la cuenta. Uyyy... "Disculpe" le dije, "uno lleva siempre un niño en las entrañas". Aceptó el chiste con una inclinación y una sonrisa. Le aboné y le dejé una buena propina agradecido por su atención sicológica. Volví al GPS. Era Palermo, el barrio era Palermo, a pocas cuadras del lago y del parque. Era muy extraño, vuelvo a repetir, yo conocía la ciudad pero no sabía quién era yo. Tenía una serie de conocimientos acumulados pero no me servían de nada para saber quién era y qué carajo estaba haciendo allí. Tal vez habría sido una pregunta hecha por mí desde siempre o planteada por los filósofos y solo en este nuevo estado de conciencia, blanco sobre negro, el contraste era mayor aún. Como si todo el conocimiento que hubiera tenido uno fuera inútil y un día había sido arrojado en la basura para empezar de cero.

Como la noche era tibia me decidí a dar un paseo por el parque.

Al llegar al lago me sorprendió que a esa hora hubiera pocas personas circulando, y también, una cantidad desmesurada de autos paseando en calesita, como se hace en los pueblos alrededor de una plaza. La iluminación era escasa y solo los faroles se recortaban nítidos en la noche. ¡Qué extraño! Al fondo, a lo largo del lago, se dibujaban figuras hieráticas, como sombras o estatuas iluminadas por los haces de luces al pasar, entrevistas solo un instante porque enseguida se ocultaban.

Me fui acercando a campo traviesa. Noté que se me aceleraba el corazón sin motivo y mis pasos comenzaban a ser perentorios, hasta que alcancé una curva del rally, una curva del lago y varias curvas de mujeres desnudas o vestidas a lo mínimo. Una de ella, pequeña de talla aunque bien formada, abundante, totalmente desnuda, se cubría la entrepierna y se inclinaba frente al avance lento de los parabrisas, y sonreía e invitaba a lo evidente, al sexo. Otras tres permanecían hieráticas. Con bustos y colas prominentes, como ídolos paganos, apenas cubiertas; ¡eran travestis!

Dos impulsos me chocaron, uno, huir de inmediato de allí y el otro, curiosear, dar una vuelta. Primero di un giro en dirección a la avenida y emprendí la marcha, pero empecé a sentir la necesidad de regresar al lago, a la zona prohibida. Un tema repetido desde siempre: lo prohibido tiene una seducción tan potente como el placer mismo, o el amor. Qué se yo, tampoco sabía si yo sabía qué era el amor; uno, en la facilidad de enhebrar palabras, pude llegar a decir cualquier pavada.

Lo prohibido; como ya dije, nos llenan de prohibiciones de pequeño, nos educan a pesar de nuestros instintos, nos retan a cada rato de tal manera que fácilmente lo prohibido se convierte en lo apetecido porque todo lo que queríamos nos fue prohibido. Entonces violar la ley tiene algo divino, delicioso, como un dátil almibarado; y si eso tiene que ver con una fuente tan poderosa como el sexo, se potencia. Porque repito, todo está estructurado a partir de lo prohibido. Desde no se puede correr entre las mesas, alborotar, gritar hasta que no se puede orinar donde le vengan las ganas. Y si en los primeros pasos uno quiere caminar para un lado y lo redireccionan para otro por la amenaza de un auto, de hecho lo prohíben porque uno había deseado ir hacia ese lado y no hacia el otro. La culpa, digo, no es del chico sino del auto que representa en ese momento a la cultura. Y si uno en los juegos quiere embadurnar la pared o arrojar una piedra contra un vidrio y lo retan, la culpa no es del chico, ni de la piedra, sino de la fragilidad del vidrio y de la "estética cultural" de la pared. Si estuviera en la montaña, sin cultura, arrojaría una piedra que podría dar contra un árbol, un montículo o una roca. Y el golpe sería asimilado sin consecuencias. Y correríamos de un lugar a otro sin coches que nos atropellen; el único temor sería las demás bestias. Entonces, repito, los constantes no sobre el deseo, transforma el deseo de lo prohibido en un fruto apetecible, como el agua que presiona contra un grifo y apenas consigue una hendija, sale con fuerza, como un orgasmo. Sí, un fruto apetecible, se me ocurre ahora, como la manzana del árbol de la ciencia del bien y del mal.

Entonces a mis espaldas estaba lo prohibido, el sexo prohibido, la perversión almibarada; di vuelta sobre mis pasos y regresé al lago.

Los autos seguían circulando en calesita, me acoplé de espaldas al carrusel para que no me reconozcan, aunque era evidente que yo pertenecía a otro circo. Las chicas se agrupaban cada tantos metros, siempre acompañadas. Por ahí una camioneta se paraba y una runfla de muchachotes entablaba conversación con alguna. En muchos autos no iban de a uno, sino varios, como si después de un encuentro masculino decidieran hacer unas visitas a las trabas. Escuchaba risotadas y una acelerada que a la chica la dejaba consternada. Pero alguno que otro arreglaba precio, ventanilla de por medio, y ella, bien dispuesta, como si hubiera esperado ansiosa ese momento, subía presta a la camioneta por la otra puerta y salían raudamente a una casa de citas, la más cercana. Por lo menos lo indicaba la mano extendida de ella a través del parabrisas.

Seguí mi tour como si fuera un antropólogo al estudio de esta curiosa fauna. Pero ¡epa! escuché a alguien que me gritaba a la espalda. ¡Papito, no querés dar una vuelta! Seguido de varias risotadas; pero hubo más de uno que clavó los ojos bizcos en la entrepierna y otro que a rítmicas lamidas me mostró la lengua.

Había para todo los gustos, toda la carne estaba en el asador y por más que yo iba vestido discretamente, para algunos era objeto de deseo. Pensé que si quería salir virgen de allí debía apurar el paso y completar el paseo cuanto antes.

Había algunas que trataban de ocultar su sexo, pero otras lo intentaban resaltar, hinchado, goloso entre las piernas. ¿Qué dije? ¿Goloso? Sí, dije eso, umhh, voy a tener que hablarlo mañana con el sicólogo, aunque a quien le guste lo puede saber goloso, como una golosina.

Continué caminando; al alcanzar la siguiente curva, donde confluían varias calles curvas, las chicas habían copado el centro de la escena como si fueran parte de un operativo de tránsito; no se podía pasar sino entre ellas, a quien se animara con el auto a esas horas no era con la intención de acortar camino a la casa de la abuela, ni para ir a buscar a su hija al conservatorio, los que se aventuraban por ahí solo buscaban culo o verga. ¡Uh! ¡Qué síntesis!

Y al pasar entre las chicas, como si fuera a comprar pan a la granja de enfrente, sucedió lo inevitable, una voz atiplada me gritó por la espalda "¡Claudia! ¡Claudia! ¡Esa es Claudia!"

No me quería dar vuelta, pero evidentemente se referían a mí. Aceleré la marcha, "¿qué te pasa Claudi?" escuché otra vez con esa voz estentórea y afeminada, con esa vibración del aire a medio tono entre un hombre y una mujer, pero con toda la violencia masculina.

Me retiré apresurado y busqué la avenida. Escuché risotadas por detrás.

¿Sería travesti? La idea no me abandonó en todo el camino. Sin embargo no podía entrar a mi casa con estas dudas en la mochila. Busqué un bar y me ubiqué lejos del ventanal en una mesa junto al vértice de la pared, solitario. ¿Qué significaba esto? Se iban acumulando una serie de evidencias que hacían a mi condición sexual. Primero, aquello de hacerse los ruleros, después las tangas, bombachas, medias y minis encontradas en mi placar. ¡Las pelucas! ¿Tendría tacos altos ocultos por algún rincón? No se me había ocurrido avanzar en esa búsqueda porque mi condición sexual a esa altura no era relevante.

Un chico, vendedor ambulante, me había dejado unas estampitas arriba de la mesa y me estaba pidiendo una propina, recién lo advertía. Rebusqué en mis bolsillos y le extendí un billete. Se retiró agradecido.

Volví al monólogo de mi condición sexual. Pero a mí me atraían las mujeres. ¿Cómo era esto? El acercarme al lago fue solo por curiosidad; es verdad que en un momento se me aceleró el pulso sin motivo y apuré la marcha como si estuviera por perder el tren. Pero hasta allí nomás; el cuerpo de las chicas no me decía nada. Aunque ahora recuerdo el sexo grueso de una, transparentándose entre las piernas, como si fuera un misil adormecido. Sí, algo me produjo. ¿Sería puto? ¿Y si lo fuera? ¿Qué? ¿Qué era lo que me llevaba a repudiar esa idea? Ahora pensaba en el sabor agrio de la transpiración de los hombres e instintivamente la rechacé con un gesto de asco. O me imaginaba dormir junto a un hombre y me sentía incómodo como si esa cama no fuera para dos. ¿Qué placer podía yo encontrar en un hombre? ¿Convivir? ¿Estar sometido a su autoritarismo? ¿A su desorden? ¿A su falta de delicadeza? Para eso me bastaba solo, pensé. Inmediatamente me aparecieron las imágenes tiernas de una mujer. Su suavidad, su delicadeza. ¿Mi madre? La teta de mi madre, su cuerpo blando, su calor, no como esa cara de lija de mi padre, su cuerpo anguloso y torpe. No, la armonía de su educación, las cadencias de su ternura. Su paciencia. ¿Un hombre? ¿Qué me podría atraer de un hombre? ¿La pija? Habría que probar, pensé, y enseguida me detuve en seco sin atreverme a avanzar ¿Sería puto?

"¿Cómo dice?" me preguntó un mozo de chaleco bordó. "¿Dónde estaba?" ¿Cómo había llegado hasta allí? Yo caminaba por el parque y después fue lo del chico que me ofrecía unas estampitas; ¿qué había sucedido entre uno y otro momento? Mi monólogo se desarrollaba en otro espacio, en otro tiempo. De nuevo enfoqué al mozo y observé sus ojos asombrados. "Disculpe" le dije, "un cortado liviano"; se marchó con cierto alivio.

¿Y ahora qué? me pregunté; ¿regreso a casa? ¿Permanezco vagando por la ciudad, por mi soledad? Por momentos me sentía de cemento; teniendo movilidad, voluntad, permanecía quieto como mi vecina, la pared. ¡Tengo toda la libertad! Y no sé qué hacer.

Eso me recuerda unos versos pero no alcanzo a precisar de quienes eran. Aburrido, sin saber qué hacer extiendo el brazo y pesco un diario que ha quedado deshojado en la mesa de al lado. Leeré las noticias, pero ¡oh! intento hacerlo pero las palabras aparecen borrosas y se ponen a danzar. ¡Me he olvidado los anteojos! Es inútil forzar mi vista y eso de leerlas en el celular tiene mucho de utilidad y poco de placer. Leer el diario en el bar tiene el aroma del café, de los ruidos, de las conversaciones mezcladas, de esa silla y de esa mesa.

Y ahora un gato que me mordía el cordón de mis zapatos. ¿Cómo había llegado hasta aquí? ¡Qué raro que se lo permitan! No me disgustaba, siento que rozaba mis piernas y maullaba finito. Cuando el mozo regresó y me estaba sirviendo, le pregunté y me respondió con obviedad "¿Qué gato?" "El gato", intenté explicarle moviendo mis manos, mi cuerpo, como diciéndole "éste gato" él se inclinó, buscó para un lado y el otro y me respondió: "aquí no hay ningún gato". A disgusto y con dos saltitos para atrás, descorrí la silla y extendí mis manos hacia los zapatos "Éste" le dije y el mozo, ya de pie, me contestó "¿cuál?" El gato no estaba. Reflexioné un instante y ensayé una disculpa. "Tal vez se haya ido". "No señor" me respondió, "acá no hay gatos y tampoco los dejamos ingresar, transmiten muchas enfermedades". "Me habrá parecido", le respondí.

Pero yo lo había visto y escuchado cuando maullaba. ¿Estaría alucinando? Tal vez, mañana lo averiguaría.

Había empezado a lloviznar. ¿Caminaría? ¿Hacia dónde?

Pienso ahora en una página en blanco. Recuerdo haber leído sobre el tema hace años. No recuerdo dónde fue, en qué diario y los motivos por los cuales lo había leído. Hablaba del temor del escritor ante la página en blanco. Decía que no era porque uno se sentía discapacitado o inútil, o que ha perdido el don de la palabra como pareciera deducirse, sino por el miedo a internarse a un lugar desconocido. Un lugar oscuro que hay que iluminar con las palabras sin saber con quién deberá enfrentarse, tal vez con uno mismo, con el cuadro de Dorian Grey. Ese es el temor. Internarse a una caverna desconocida produce temor a ser sorprendido por una serpiente, un escorpión o animal salvaje. A una vivienda abandonada, otro tanto. El escritor alumbra y, palabra a palabra, se conforma la realidad, creciendo el temor por uno, argumentaba el artículo.

Ahora bien, como ahora que estoy sentado en este bar y veo caer la llovizna fina detrás del ventanal, y experimento cierta angustia por lo que me puede suceder mañana. Sin embargo ¿por qué cuando nos acostamos nos dejamos ganar por el sueño sin temores? Y aparecen personajes desconocidos, situaciones extrañas y uno sigue adelante como en una feria de libros o de artesanos, contemplando, siendo el invitado a ese teatro montado en la profundidad. A menos que sea una pesadilla, por cierto, donde intentamos despertarnos y no podemos. Pero por lo general es un paisaje apacible aunque sea absurdo, disparatado. ¿Por qué no tenemos miedo? Al punto que es normal aguardar un fin de semana, alejado del trabajo, para dormir doce horas seguidas, como si el sueño fuera nuestra propia casa. ¿No será la reminiscencia de la vida uterina? Un lugar seguro, cobijado, al decir de los psicólogos; uno se dejaría vencer por el sueño para sentirse protegido.

Y vuelvo a repetirlo. ¿No será el sueño el quid de nuestra vida y uno se despierta solo para comer, beber y buscar un lugar abrigado para seguir durmiendo? O sea, que uno se despertaría solo para lograr cansarse y regresar al sueño, nuestra casa, y no al revés, que uno descansa para retomar sus tareas cotidianas; y que lo principales problemas de nuestra vida se resolverían en los sueños y que la razón sería solo un instrumento tosco, diurno, para buscar abrigo y comida, y por supuesto, amor. No estaría muy alejado este pensamiento de la opinión de los neurólogos que aseguran que el 80 por ciento de nuestra vida anímica es inconsciente. Tal vez el inconsciente siempre esté dormido por más que despertemos, y en realidad, por la mañana solo lo haría el 20 por ciento de nuestro cerebro, como si viviéramos en una cabaña y el día frío y nevado nos urgiera a ir por leña y comida, y se le encomendaría a alguien la tarea, a mí, digamos, pero todos los demás quedarían en el refugio. ¡Qué poco que sería uno! ¡Ay Narciso! A qué quedaste reducido; de qué te sirvieron las ínfulas.

Nuevamente apareció el gato, esta vez se me subió a la falda. Lo acaricio. Tiene varios colores, marrón, gris, blanco y negro. Dicen que las hembras tienen esos matices. Se apoya en mi vientre y ronronea. Estoy a punto de llamarlo al mozo, pero dudo. Tal vez no me crea y si me cree lo va a echar a la calle. Dejo que la cosa quede entre los dos. Tal vez nos hagamos amigos.

Ahora noto que están levantando las sillas de cúbito dorsal contra las mesas. Quedamos pocos parroquianos, nos están indicando que nos vayamos. Si la sala del bar resulta acogedora, ésta, de patas para arriba, resulta amenazante. El gato nuevamente ha desaparecido.

Hay que partir, no queda más remedio. Ahora sí, no descubro el sendero, no solo no sé qué hacer, ni dudo para dónde ir, sino pareciera que más allá no hay nada y todo lo dicho hasta aquí es un decorado. ¿Y detrás qué hay? Otra realidad, una realidad más pesada, más aburrida, más tediosa, una realidad donde uno no puede dar un brinco y saltar a una azotea, ni saltearse pasos, estar en el parque, y de pronto, en una café con la compañía de un gato. Una realidad más cruel porque para servirse un vaso de agua, una tarea tan sencilla, hay que ponerse de pie, caminar diez metros hasta la cocina, tomar un vaso, abrir la canilla, aguardar a que se llene de agua, cerrar el grifo y bebérselo sorbo a sorbo y apoyarlo sobre la mesada, todavía secarse los labios con un repasador y regresar a su mesa de trabajo. Una serie de pasos, de hechos, tan inocuos, tan tediosos, tan pesados y aburridos; tan diferentes a la literatura que te propone saltos en el tiempo y en el espacio, donde el lector se siente ágil viajando por el mundo al ritmo de la imaginación, tan sensible como una bandada de palomas que vuela de un tejado a otro. Entonces, ir por agua se resume en pocas palabras "fui por agua y regresé a la compu". Entonces, la literatura nos da esa agilidad que carecemos, evita las repeticiones, y, en giros inesperados del lenguaje nos hace volar.

-Señor

-Sí

-Se ha quedado dormido.

-Disculpe -me puse el abrigo y salí a la calle. La noche se había ennegrecido y la insistencia de la lluvia fina ya había formado algunos charcos en la vereda. Sería inútil continuar vagando. Regresaría a casa. ¡Es extraño que diga a casa! cuando ni siquiera sé quién soy.

Hice unas pocas cuadras y di con el edificio. Saludé al portero y el ascensor me chupó al instante. Di dos vueltas de llave y entré. La casa estaba silenciosa y en penumbras. ¿Por qué insisto en decirle casa y no departamento? La palabra casa me suena más afectiva aunque la afectividad no se mide por el tipo de vivienda. No tenía apetito, así que me dirigí a mi habitación. Me desvestí, prendí el televisor y a la cama.

Pensé seguir hurgando en los cajones pero lo juzgué inútil. ¿Qué podía encontrar? Más ropa femenina. ¿Y eso qué? Tendría que hablarlo con mi sicólogo que para algo lo era.

Mañana sería otro día. Esta bueno esto de hacer un paréntesis a nuestras obligaciones, uno duerme con la seguridad que la Bolsa no va a caer a la noche, aunque del otro lado del globo se produzca un desastre que por la mañana traerá sus consecuencias, aunque no recuerdo a nadie que no haya dormido en toda la noche ansioso por el comportamiento del Hang Seng, el índice bursátil de Hong Kong. Aunque todo cambia, una decisión tomada a las tres de la mañana en China puede que no lo haya dejado dormir a un empresario yanqui, tal vez. Bueno, hoy en día le pasaría también a un apostador serial, ansioso por el resultado de una carrera de caballos o de perros o de gatos en Shangái. Motivos para no dormir en este mundo globalizado siempre hay, en algún de la tierra son las diez de la mañana, solo basta correrse de meridiano y permanecer allí, uno puede estar constantemente amaneciendo en la web, constantemente repitiendo, buenos días, buenos días, buenos días o como se diga en otro país. Y uno también podría poner gotas en el horizonte y aparer una vieja que nos preguntaría el nombre y una casa detrás y un perro que ladra y... y... mmhhhmmmm...

2

A la mañana me levanté temprano. Hoy sería mi día de consulta; me alivió el trámite de irme despertando. La habitación de mi mujer se mantenía cerrada e hice el menor ruido posible.

Desayuné té con leche y galletitas secas. ¿Cómo se llamaba el sicólogo? Lo vuelvo a buscar aunque ahora resulta más sencillo como si fuera la segunda o tercera vez que se pasa por el mismo lugar: ha dejado una huella y por más que no la veamos, nos va guiando hasta llegar al nombre: Gonzalo Miranda.

La habitación de Susana permanecía cerrada. Me despedí sin hacer ruido ni dejar señales; bajé por el ascensor y saludé al portero.

Vuelto a la rutina. Lo mismo, como una película repetida que ya deja de interesar. Pasamos a través de ella como sonámbulos y sin darnos cuenta se nos van ocho horas de trabajo, una semana, un mes, un año, la vida; sin darnos cuenta.

Saludé a la secretaria y me dirigí a mi oficina. Cada persona ya estaba en su puesto como si fuera una línea de producción de palabras, de tildes, de timbrados, de sellos. De grandes fardos que van a parar a la nada, al olvido. Repito, como una biblioteca que ya nadie consulta. Tal vez hoy todo quede en la nube y cualquiera, en cualquier momento lo pueda resucitar. Hasta que un día desparezca la luz, la electricidad, y volvamos a levantarnos con el alba y acostarnos con la puesta.

Me metí en la oficina; me esperaba una pila considerable de expedientes. ¿De expedientes de qué? me dije. ¿Serían autorizaciones de importación y exportación? ¿Qué importancia tendría para que todos esos empleados se afanasen mañana y tarde en su lectura? Si hablamos de literatura pensamos en ese Castillo de Kafka donde accede K luego de un largo camino y nos muestra una inmensa oficina con empleados afanosos, de anteojos, que sobre altos pupitres consultan y escriben sobre grandes biblioratos. No sé si era exactamente así pero es lo que creo recordar. En ningún momento nos explica Kafka en qué están ocupados, aunque sí reconocemos en páginas anteriores las tareas de un maestro, de una mesera o de una familia en la tarea de bañarse, en este cuadro literario no sabemos qué están haciendo, y menos por qué se los ve tan afanados, consustanciados con su trabajo, como si de ellos dependiera el curso del universo.

Retomé mi tarea con más ahínco, sabiendo que era totalmente inútil pero que si la terminaba rápido me podría dedicar a otra cosa. Sello, firma, firma, sello, sello firma, cada vez con más entusiasmo, apostando a golpear más fuerte como si fuera una masa, y como en algunas páginas debía estar en varias partes de la misma, a repetición... hasta que la puerta se fue entornando y apareció, dudando, el rostro de mi secretaria:

-¿Pasa algo? -me preguntó extrañada.

-No, nada, nada -atiné a decirle-, es que pareciera que no marca bien este sello.

-Enseguida le alcanzo la tinta.

Al observar por el ventiluz noté que el personal había abandonado sus tareas y se miraban entre sí.

¡Con tanta fuerza había golpeado!

El día transcurrió insulso y no veía la hora de concurrir a la cita. La chica de maestranza vino hasta tres veces ofreciéndome té, café, masitas, jugo. ¿Habría algún arreglo con el proveedor? En estos organismos todos se llevan una tajada. Se me cruzó por la mente el barco. Un barco que traía mercadería haciendo su derrotero por alguna ruta del Atlántico. Mi jefe me había explicado que eran remanentes de mercaderías que iban recogiendo en todos los puertos. En algunos porque estaba arrebatado el mercado, en otros, porque estaban pasadas de moda, en otras porque tenían pequeñas fallitas. Le había preguntado cuáles y me explicó, zapatillas que se habían olvidado de hacerle uno de los agujeros del cordón, pares discontinuos. ¿Qué era eso? Que no había un pie que calzara, a unos les faltaba y a otros les sobraba; gabinetes de heladeras que les faltaba el motor. Es que, me explicó, son empresas que por hache o por bé deben cerrar y le quedan remanentes que mandan a remate. Ropa de segunda mano, animales domésticos abandonados en la calle, indocumentados... en este punto me di cuenta que había algo de chiste en lo que me decía, y al notarlo, se largó a reír. Pero que son remanentes, son remanentes, te lo aseguro, reafirmó. Le dije que iba a ser muy difícil ubicarlo en el mercado y mirándome con extrañeza me había respondido. Dónde hay dinero, aparecen los puntos, no te preocupes. Existe una mutual de veteranos en el barrio Lacroce que estaría dispuesto a aceptar la oferta. ¿Oferta? Ellos acopiarían la mercadería y la clasificarían y nosotros por intermedio de un tasador la pondríamos a la venta. Tendrías que conocer esta gente, todos jubilados del ferrocarril a los que le cedieron el edificio para sus tareas.

Se había hecho la hora y ya no escuchaba movimientos en la oficina. Se habían ido. Tomé mi bolso y me marché. Consulté la dirección, la línea B me dejaba a dos cuadras, en Facultad de Medicina. ¡Qué raro! La secretaria me había dicho calle Moreno. ¿Por qué había anotado esto?

Consulté otra vez la dirección; estaba cerca; mi corazón se aceleró. ¿A qué se debía? Con seguridad descubriría una parte de mí.

Hacia allí fui, ubiqué el edificio y apreté el botón indicado. El ascensor me chupó al instante. Salí al palier, toqué timbre y enseguida, Gonzalo Miranda me extendió la mano y me hizo pasar de un apretón de manos y un tirón, como queriéndome sacar de un pozo. Una forma mágica, como quien le alcanza la mano a uno para subir a una tarima. El tirón de manos fue evidente, aunque me disgustó, no me gusta ser sometido, obligado a seguir sus pasos. No es de mi agrado aunque algunos psicólogos lo utilizan, al parecer, como terapia, para desarmarnos. No me gusta que me fuercen. Tal vez por el miedo a ser poseído, sodomizado.

Estas fueron algunas de las palabras de mi monólogo con el terapeuta. Es raro, me sumé a una rutina desconocida como si fuera habitual. Comencé a hablarle como si continuara algo anterior, el motivo de la consulta.

Yo estaba sentado en un sillón de cuerina, él, en otro, oculto en el silencio. Una luz amarilla se proyectaba de un velador ubicado en uno de los ángulos de la sala. Finalmente, en la pared del fondo había una ventana y delante un escritorio. El edificio era de consultorios, tal que al salir del ascensor había dado con la sala de espera.

Gonzalo callaba y como no opinaba, se lo dije.

-Gonzalo, no sé quién soy -él afirmó cabeceando.

-Ayer me vi entrando en una oficina y no sabía por qué entraba, por qué estaba allí, cómo había llegado y tampoco sabía quién era yo; como si acabara de nacer.

Miranda solo me escuchaba sin dar una opinión como suelen hacerlo a la pesca de alguna puerta al inconsciente; no tomaba en cuenta el significado de la palabra, sino su significante, como si fuera un punto de fuga. Usé la palabra puerta que bien podría ser el culo, la entrada al inconsciente, si por inconsciente se entiende un lugar oscuro, lleno de mierda. Un lugar que produce placer al cagar, aunque no podría asegurar lo mismo, si al entrar un objeto dulce.

-¿Cómo dijo? -me preguntó Miranda.

-Objeto dulce.

-¿Dulce? ¿Por qué dulce? -me preguntó.

-No sé, es una metáfora.

Cabeceó y continué con mi monólogo.

-Soy un caradura, ponerme a hablar de su profesión -se sonrió.

La sesión duraba tres cuartos de horas y siempre se cerraba en una conclusión. Se llegaba a un punto de interés, una palabra que producía tranquilidad, como después de un orgasmo. Como después de haber escrito trescientas, cuatrocientas o seiscientas palabras. Algo se ha logrado decir. Es un misterio, porque nadie pareciera obligarnos a hacerlo, pero lo hacemos. Tampoco vivimos de esto, como si fuera un diario íntimo de formas figuradas. (Es extraña la afirmación de describir una rutina psicológica cuando era la primera sesión en que participaba)

Gonzalo me seguía escuchando sin pronunciar palabras. No nos mirábamos a los ojos. Yo largaba palabras al aire que se espiralaban y sublimaban en el aire.

Pero no había venido a esto y el tiempo se agotaba. Había venido por mí, a saber quién era.

Miranda escuchó con tranquilidad mi reproche y me dijo que era la pregunta que estábamos analizando desde la primera consulta.

Le espeté que no se trataba de mi inconsciente sino de que el día anterior había aparecido en esa oficina sin saber quién era y qué carajo hacía allí.

Miranda cabeceó afirmando sin pronunciar palabra; no me iría de allí sin encontrar una respuesta.

Sin embargo, Miranda se puso de pie como dando terminada la sesión. Me miró, me sonrió, y agregó:

-No es la primera vez que te sucede, ya vas a ir recuperando la memoria; lo hablamos varias veces, no lo recordás. Mantente tranquilo. Seguí escribiendo que te va ser bien -me terminó aconsejando. Me estrechó la mano y nos despedimos.

De la clínica salí con más dudas que certezas. Entonces, esta no era la primera vez que me sucedía. ¿Cómo saberlo si me volvía a resetear cada tanto y empezaba de cero? ¿Esa sería la razón que me impidió a la primera escena declarar mi olvido? Comunicarles a todos que no sabía quién era. Claro, me hubieran despedido o removido con parte de médico. Había actuado con juicio.

El día era agradable y decidí caminar por las calles empedradas de ese barrio alejado de las avenidas. Enseguida pensé en las aguas del Leteo, aquel río de la mitología griega que preparaba a las almas para una nueva vida. Unas aguas que te curaban del pasado, de los recuerdos, que te reseteaban a la configuración de fábrica (ja ja), que te liberaban de todos los dolores de la vida. Como si uno no pudiera asimilar las nuevas experiencias sin despojarse de las anteriores. Decían, en una época antigua los dactilógrafos, que mejor era no saber nada del teclado antes de escribir de cualquier manera. Los movimientos aprendidos dificultaban los nuevos. Pensar que a los programadores les encanta cambiar las configuraciones para que uno busque donde no debe buscar y se equivoque; por eso a los chicos le es más fácil aprender las nuevas tecnologías.

Las aguas curativas me llevaba también a las creencias hindúes o brahmánicas de la reencarnación; uno volvía a nacer pero sin recordar su pasado. Como si la muerte lo hubiera vuelto a nuevo, como la propia vida que se alimenta de las plantas y animales, las que vuelven a rejuvenecer en nuevas generaciones para mantenerlas vivas y lozanas. Pienso que el alargamiento de la vida personal va en detrimento de la especie y es mejor borrar el pasado y hacer cuenta nueva, como se dice.

Estuve caminando varias cuadras envuelto en estas divagaciones. Miranda me había dicho que éste era mi síntoma, que ésta era mi historia, el laberinto por donde circulaba la neurosis, la serie de palabras y oraciones enlazadas que me llevaban de un razonamiento a otro como en el monólogo de la mujer Bloom, en el último capítulo del Ulises de Joyce. Un monólogo donde se engarzan todos los capítulos anteriores dándole una forma final, justificada, a la novela. Y en mi monólogo, diría Miranda, se prefiguraba mi neurosis y tal vez, arriesgo ahora, en el de Molly Bloom, la de Joyce.

Entonces, en este caminar sin rumbo por la ciudad me andaba buscando ¿Quién soy? Tal vez la vida sea un caminar sin rumbo buscándose, una novela que divaga con el solo motivo de saberse.

La noche caía inexorable pero aún no me había ganado el sueño. ¿Por qué irme a encerrar a mi cuarto? Me dije, y seguí vagando.

Buenos Aires de noche se enciende y recobra su aliento. Esas calles anchas diseñadas para albergar embotellamientos, lentas procesiones, ahora se despejan y solo vemos, de vez en cuando, avanzar raudamente a un bólido temeroso que se le acabe la noche. Al cerrar ciertos boliches de la calle Corrientes hacen filas los mendigos por las sobras. Ellos han tirado sus colchones a lo largo de la 9 de Julio o en las calles transversales y viven de las sobras como los perros de las migajas. De vez en cuando en el invierno aparecen las damas de la caridad con una olla de guiso caliente que reparten a voz alzada entre los mendigos, y después se retiran satisfechas porque han cumplido con Dios.

El divagar me había llevado hasta aquí; no puede ser que en tan corto tiempo estuviera allí. Veo algunos artistas que salen de los teatros.

No entiendo, repito, cómo tan fácilmente salto de un tema otro y cómo puedo acordarme perfectamente de todo lo que digo sin saber quién soy. Como si tuviera un bloqueo afectivo.

O tal vez averiguar quién soy es solo una veleidad. Entre millones de hormigas no creo que ninguna se haga esa pregunta.

Ahora estoy sentado sobre uno de los canteros centrales de la 9 de Julio, a pocos metros de la Avenida Corrientes. Existe enfrente una pizzería de Ugi's que tiene una estética muy parecida al de un baño público aunque sus mingitorios siempre estén en reparación. Detrás de un enrejado hay un empleado que se afana en revolear pizzas, haciéndolas girar en la punta de sus dedos, y siempre está ocupado por más que no haya nadie en el local. Es más, cuando no aparece gente, se lo ve molesto aunque tampoco es el dueño.

Ahora surgen otros recuerdos más puntuales, sí, yo viví en una pensión. ¿Qué hacía yo en esa pensión teniendo casa y familia, no lo comprendo? Tal vez habría sido muy joven, eso. Y ahora ya recuerdo haber estado comiendo con un amigo una pizza en este mismo lugar. Pero no en el local, sino aquí, sobre este cantero. Sí, recuerdo al empleado ojeroso, atendernos con mucha eficiencia y premura como si de su actividad dependiera el descenso de un Boeing en Aeroparque. Cuando escuché de su boca que estaba desde las seis de la mañana no lo podía creer, eran las ocho de la noche. ¿Quién lo había convencido a este hombre de su tarea? Pensé en el afán de las hormigas. ¿Sería el amor? Tal vez tuviese hijos y por ellos daba todo. Esa respuesta me conformó, aunque bueno, no me habían llevado hasta allí las pizzas sino otra cosa. En la memoria se me había abierto una hendija: una pensión y un amigo.

¿Dónde estaría esa pensión? Fue hacerme esa pregunta y emprender el camino. Llegué a Corrientes y caminé en dirección al bajo, a poco andar di con Diagonal Norte y seguí por allí. Mis pasos eran automáticos, como guiados por un cerebro ajeno, al dar con la Avenida de Mayo la crucé y alcancé Hipólito Yrigoyen, elegí la izquierda. Hice dos cuadras y enseguida di con ella. Un cartel escrito con pintura anunciaba: hay habitaciones. Un cartel extraño, porque en esa zona difícilmente se encuentren habitaciones libres, sin embargo, ese era un cartel permanente como quien prometiera algo que no se pudiera cumplir por siempre. Y sin embargo esa pensión lo prometía por siempre. Un impulso me decía: entrá. Obedecí. Era una escalera empinada como si el diseñador se hubiera aplicado en ahorrar escalones o la pensión se negara a resignar un metro de su hábitat. En definitiva, uno llegaba al último peldaño dispuesto a aceptar cualquier arbitrariedad. Es increíble esta última palabra porque anuncia un hecho que no sé si va a ocurrir. O tal vez el inconsciente ya conoce la frase, la oración y todos los pormenores y anticipe algo que tiene que ocurrir, o ponga una palabra que inevitablemente hay que respetar para que el texto tenga una coherencia bajo riesgo de tener que arrojar todo al tacho de basura. ¿Y por qué se pide coherencia? Si uno observa un paisaje o hace el amor, la palabra coherencia está desterrada. Esta palabra es del ámbito de la Lógica y si la pedimos es porque queremos que la Razón esté sumergida en una obra de arte aunque sea simbolista, surrealista, realista, "debe haber una unidad" dicen los críticos; y la palabra unidad como la coherencia es también del ámbito de la Lógica, lo que me lleva a la idea de que el hombre quiere crear un mundo a su imagen y semejanza para contemplarse como Narciso y maravillarse de sí mismo; mientras revienta a la naturaleza que no tiene ni coherencia ni unidad en el sentido que le atribuye el hombre.

Había quedado detenido. Levanté la vista y observé que desde arriba, apoyados en una baranda me observaban dos personajes que conversaban entre ellas, y se reían. Tal vez porque yo me había detenido antes de tocar el timbre y me había perdido en los divagues. Me pareció una desconsideración. Finalmente toqué la chicharra y me dieron paso. Quedaban unos pocos escalones donde había que redoblar el esfuerzo; al pasar delante de ellos escuché que murmuraban. Por fin llegué al piso.

La pensión, luego me enteraría, había sido la residencia de Victorino de la Plaza, un ex presidente del siglo XIX, aunque de la antigua opulencia, de sus salones donde recibía a los grandes bonetes de la historia, no quedara nada, solo un persistente polvillo en el aire, una profunda acritud de vieja madera con la mugre alojada entre sus fibras; sí, porque el piso era de pinotea pero ni el encerado más profundo podía sacarle ese olor a momia, a encierro, que provocaba el estornudo. De aquellas tertulias solo se salvaban las molduras de los techos que podían arrancar en una habitación, continuar en otra, atravesar el techo del baño y completarse en la cocina; figura tajeada por las paredes que se levantaban para alojar a los inquilinos.

"¿Por dónde andaba señor Mori?" me pregunto el más menudo extendiéndome su mano fría y húmeda. Se la estreché sin convicción, aunque él tampoco me apretó la mía. El otro me justificó diciendo que sería una cuestión de polleras.

Me había llamado señor Mori. La primera vez que escuchaba ese nombre. ¿Por qué me había llamado así?

Esta gente me hablaba como si yo viviera allí. No entendía nada, estaba confundido. "Te pasa algo" me preguntó el primero "si querés vamos a tomar algo a mi pieza y me contás". Se lo acepté. Se presentaba como mi amigo y aprovecharía esas circunstancias para hacerles algunas preguntas.

Nos metimos por un pasillo a la izquierda y a pocos pasos encontramos varias habitaciones. La de él daba al frente. Ese olor áspero, de estornudo, era irreductible, no sé si por la mezquindad del dueño o porque, como ya dije, no había desodorante de ambiente que se le animara, siempre reaparecía por debajo de la alfombra raída.

La puerta estaba sin llave, entramos a la habitación. Pilas de libros se amontonaban por allí y por acá. Pilas de libros que llegaban a un metro del suelo o apoyadas en una silla como un gato, desperdigadas alrededor de la cama, como si fuera una librería de usados, sin serlo. Había una puerta de dos hojas que daba al balcón, pero estar allí resultaba más incómodo que estar adentro porque no daba a ningún lado o a otra mole gris similar de la vereda de enfrente y a una calle angosta y profunda por donde los colectivos pasaban como bólidos acosados por la ciudad. También había una computadora y un par de sillas.

Enseguida Horacio me hizo sentar y me hizo escuchar a Chick Corea; se movía al ritmo del jazz, su corazón seguía ese movimiento y toda su personalidad se replicaba, como si él mismo hubiera sido una partitura.

Ahora, puso la pava a calentar sobre un mechero eléctrico. Tomaríamos té.

Después se sentó en una de las sillas de paja y me preguntó: "en qué anda señor Mori", su rostro se afinaba y balanceaba como un tirabuzón escudriñando.

¿Mori? ¿Por qué Mori?

-¿Estuviste en la SEA? -me preguntó y no supe qué responderle. No sabía que contestarle.

Ahora me miraba con cierta extrañeza y desvió la pregunta. "Ya debe estar el agua", dijo y fue buscar la pava y la dejó sobre la misma mesada donde apoyaba la computadora. Ahora fue por dos tazas que tenía escondida entre los libros, azúcar, otro tanto, saquitos, cucharitas, y preparó el té. Una vez que estuvimos servidos, como un lord inglés, me volvió a preguntar lo mismo y como lo sentía como una persona cercana, (tal vez un amigo), aunque desconocido, me sinceré.

-No sé de lo que me estás hablando.

-De la SEA, de qué te voy a estar hablando.

-¿La Sea?

-Sí, boludo, la sociedad de escritores.

Parecía que se me abría un sendero. La Sociedad de Escritores, sí, algo recordaba, Graciela Lamadrid, dos hermosas tetas, pero enseguida se me cerró en el escote.

Me recliné en la silla y escuché la pregunta.

-¿Te pasa algo?

-Perdí la memoria -me sincero.

Mi amigo, porque así parecía serlo, me alcanzó la taza de té con manos temblorosa. "Ponele azúcar" me dice indicándome unos sobrecitos que había sobre la mesa. Recién los veo. Parece que fuera necesario que me nombrara las cosas para que aparezcan.

Mientras endulzaba el té me preguntó

-¿Fuiste al médico?

-Sí, y me dice que es lo que me viene pasando desde siempre, pierdo la memoria.

-¿Te pasó antes? -me preguntó intrigado.

-¿Vos no lo sabías?

-Es la primera vez que te lo escucho.

Me quedé pensativo, si él decía ser mi amigo ¿cómo era que la primera vez que lo escuchaba?

Se lo dije y me respondió:

-¿Cuánto hace que nos conocemos?

-Ya te dije, perdí la memoria, no sé quién sos vos, qué hago aquí, y de la SEA solo recuerdo un escote.

-Ja, ja. Bueno, te cuento, aunque tendrías que ir a otro siquiatra porque si te va a contestar eso, que no sé de dónde lo sacó, no le veo uña. ¿Vas al mismo?

-No sé si es el mismo, lo saqué de mi agenda y ya tenía una visita programada.

-¿El de Rawson?

-¿Cómo decís?

-Tu amigo de Rawson.

-No sé de qué me hablás.

-De cuando estuviste preso.

-¿Preso?

-Sí, durante la dictadura.

Me quedé pensando unos segundos pero no recordaba nada de lo que me decía.

-¿Yo estuve preso durante la dictadura?

-Sí, y escribiste un libro sobre Rawson.

-No puede ser.

-¿Cómo que no puede ser? Te lo muestro.

Se sentó frente a la computadora, pero enseguida desistió de la búsqueda, no tenía señal de internet, se quejó.

Tenía la necesidad de saber con urgencia si lo que me decía era cierto, pero algo se interponía como si fuera adrede. No había otra computadora más que esa. ¡Pero claro! Tenía mi teléfono. Pero tampoco había señal. Le pregunté del suyo pero me mostro uno elemental que por poco funcionaba a señales de humo. Intenté salir de la habitación en busca de señal, pero me calmó diciendo que ya habría tiempo. Había una ley del desarrollo de los hechos que no se podía violar; como una puerta de una habitación que estuviera siempre cerrada por alguna razón.

-Terminá de tomar el té, que se va a enfriar -intentó calmarme.

-Te conozco desde hace veinte años, desde que se te ocurrió ser escritor.

-Lo miré con sorpresa.

-Verdad lo que te digo, me ayudaste en las charlas que dábamos en el bar La Puerta,

Yo no recordaba nada.

-En Rosario.

-¿Rosario?

-Sí, de allí venimos. ¿No te acordás de nada?

-Pero el médico me dijo que eran un tema repetitivo de mi personalidad.

-¿Cómo se llama ese médico?

-Gonzalo Miranda.

-Pero ese no era tu médico vos ibas a lo de Benegas, un compañero tuyo de Rawson.

No entendía un carajo y quise sincerarme hasta el final con mi amigo.

-Escuchame, yo tengo un trabajo en una compañía importadora exportadora que está por la zona del bajo. Soy el jefe de expedición.

Horacio se sonreía a cada palabra, a cada frase, a cada noticia.

-¡Ah sí! Yo soy el director general de la Fiat -me dijo sacudiendo la cabeza.

Me estaba tomando el pelo; pero yo seguí con mis afirmaciones, le hablé de la secretaria, de mi jefe. Le di detalles.

Empezó a balancear su rostro y me dijo:

-Me estás cargando.

-No te cargo, así fue el día de hoy.

-No me hagás reír, cómo vas a ser el encargado de algo si nunca trabajaste.

Me pareció ofensivo. Puso otro CD

-Es de Ben Allison -me explicó dejándome de prestar atención y siguiendo el ritmo con su cuerpo.

-Pará -le dije tomándolo del brazo-, no te estoy cargando, todo lo que te digo es bien cierto.

-Mirá, no sé lo que te está pasando, pero vos vivís acá desde hace dos años y tenés tu familia en Rosario, vas y venís todas las semanas. ¿De qué me estás hablando?

-No te dije que perdí la memoria.

-Andá a tu médico

-Ya fui.

-Ese no es tu médico.

Me quedé pensativo y al cabo le pregunté:

-¿Vos decís que yo estoy en una sociedad de escritores?

-Así es -no sacaba la vista de la pantalla.

-¿Dónde queda?

-Frente a la Plaza de Once.

No recordaba absolutamente nada.

-¿Vos me acompañarías allí?

-Sí, cuando quieras.

Me hablaba como si no le diera importancia a lo que me sucedía, como si yo le propusiera un juego absurdo. Ahora estaba preocupado por las pistas del CD.

-No sé qué hacer -le dije.

-¿Querés que preparemos algo para comer?

La idea no me agradaba.

-¿Te vas a tu pieza? -Me preguntó sin desatender lo suyo.

-¿Pieza? -le pregunté

-Tu habitación.

-¿Dónde queda?

Se sonrió y como sumándose a un juego, me propuso.

-Señor Mori, lo voy a acompañar a su habitación.

Me indicó la puerta y salimos al pasillo. A grandes ademanes, como si fuera el botones de un hotel de lujo, me fue guiando. Por aquí, por aquí, pasamos frente a la conserjería, un cuchitril menos que un kiosco de golosinas. El fisiculturista, su amigo, salió de allí y se rió de la pantomima.

-Le indico al señor Mori su habitación, enseguida regreso por su equipaje, digale al remís que aguarde.

-Ja, ja -respondió el gordo, porque estaba tan hinchado de músculos que parecía eso.

El estado del edificio era lamentable, ya dije, la alfombra raída conservaban los pasos de Victorino de la Plaza, no me cabían dudas. Doblamos hacia la derecha y enseguida llegamos a mi habitación. Horacio, de nuevo, me extendió la mano en dirección a la puerta.

-Ha llegado a su aposento, señor, el desayuno se sirve de 9 a 12 y la ropa de cama se retira por la tarde, cualquier pedido me lo hace saber por el interno.

El gordo miraba por detrás, los brazos cruzados, a pura risa. Intenté entrar pero la puerta estaba con llave. El gordo me indicó en voz alta:

-La debés tener en tu pantalón.

Para sorpresa metí la mano en mi bolsillo y di con una sola llave de bronce prendida a un llavero de madera rectangular que tenía escrito a mala letra de pincel el número nueve, el de la habitación. ¿Cómo podía ser que recién descubría esa llave? Cómo, entre idas y venidas, no la había perdido. Pero, si al sentarme, se me hubiera dibujado la madera en el pantalón, no lo entendía.

Horacio, con la cabeza ladeada, me estaba mirando atentamente, por detrás escuchaba un silencio profundo; ambos estaban atentos a mis divagues que solo se advertían por un leve balbuceo.

Metí la llave, le di dos vueltas y entreabrí, Horacio me acompañaba con sus palabras, "si la temperatura está muy alta, nos avisa que la bajamos". El gordo se seguía haciendo la fiesta por detrás. Cuando abrí la puerta del todo, recibí en el rostro un bostezo frío, glacial, como si hubiera entrado a una cámara de hielo. Eso sí que era triste, porque mientras escuchaba las palabras de mi amigo, era triste, pero cuando se retiró fue más triste aún. Solo atiné a sentarme en el colchón de la cama de resortes. Dos barandales de hierro a los pies y a la cabeza, la sostenían. Era un frío que no se calmaba con nada, como si se hubiera incubado desde la Colonia. Un frío de soledad, de ausencia, mudo. Esa habitación estaba condenada al olvido. Nadie la habitaba y si alguien se atrevía, cuanto antes quería huir de allí. Había una ventana a dos hojas y unas cortinas percudidas, de buen fuste, pero irremediablemente doblegadas por el tiempo.

Las paredes parecían pintadas a moco. Como si un inquilino enfermizo hubiera enchastrado sobre ella todos sus fluidos. Esa era mi habitación. Me puse a revisarla pero no encontré demasiados indicios sobre mi persona; unos CD de tangos, una radio vieja y unos libros. Había también un tomo de Proust de una biblioteca rosarina, varios de Nietzsche, otro de Schopenhauer, y nada más.

¿Ese sería yo? La SEA. ¿Qué hacer? ¿Pasar lo noche allí o regresar a lo de mi mujer? Los dos platos de la balanza se equilibraban. En una casa estaba solo, en la otra, también. En una hacía frío, en la otra el frío calaba por dentro. Preferí pasarla allí. Mañana sería otro día. Era viernes y todo el sábado y domingo sería para mí. ¿Por qué digo esto, si era martes? ¿De dónde había surgido esa frase? Dudé, me estaban sucediendo cosas incoherentes, sin sentido. Mi espacio estaba en duda y al parecer, ahora, se sumaba el tiempo. Consulté el celular, y para pasmo, marcaba viernes, aunque muy bien podría haber estado equivocado antes.

En ese momento sonó el teléfono. El visor decía Olga.

-Hola ¿a qué hora llegás?

¿Quién era ésta? ¿Qué contestarle? No era mi señora. Enseguida se me ocurrió algo.

-Hoy no va a poder ser.

¡Para qué! Se me vino una catarata de insultos y patadas inesperadas.

Que esto no podía seguir así, que ella se tenía que hacer cargo de todo, que el más chico estaba con fiebre, que el más grande no sé qué cosa. Que me lo advertía por última vez, no podía ausentarme...

Mientras la escuchaba me iba haciendo una composición de lugar. Horacio me había dicho que yo tenía una familia en Rosario; ahora me desayunaba que además tenía esposa e hijos. De la manera que me hablaba esta mujer era la de una esposa, no cabían duda; pero no de una esposa reciente, sino de una esposa antigua con hijos, y con deberes y derechos, y gritos e insultos, sexo y rabietas; una pareja completa de veinte años de trifulcas, por lo menos.

-¿Me escuchás? ¿Me escuchás? Hacete el que no me escuchás. Hola, hola.

Me había perdido en los divagues y recién regresaba al teléfono.

-Te escucho, sí, te escucho.

-¿Por qué no me respondías?

-Es que bueno, estaba pensando.

No sabía si decirle que había perdido la memoria, pero como ella seguía reprochándome mi conducta y al calcular que era una pareja que me estaba reclamando la presencia y que algún interés tendría por mí, se lo dije.

-Es que perdí la memoria, querida -Me pareció adecuado el adjetivo.

-¿Queeeeeee? ¡¡¡Queeeeee!!!

Dudé un poco en la respuesta pero jugado por jugado, arremetí con todo.

-Que no sé quién soy.

-Ah, qué novedad, nunca supiste quien sos; siempre con la misma cantinela, me tenés cansada.

-Es verdad lo que te cuento, en un momento perdí la memoria...

-Eso me lo venís diciendo desde que nos conocemos; los hombres para hacerse los estúpidos son mandados a hacer; yo no sabía, yo no fui, afinaba la voz en tono de burla.

-En serio.

-Mirá Miguel, te venís inmediatamente o sino... ya no aguanto más.

Me cortó. ¡Qué locura!

En ese momento escuché que alguien golpeaba la puerta con suavidad. Me levanté y fui a abrirla.

-Señor Mori, disculpe, no quería interrumpirle ¿ha tenido otra pelea familiar? -se sonreía irónico.

-No todo normal, le dije con la puerta entreabierta.

-Véngase para la cocina que con el plomero estamos preparando unos entremeses.

Acepté la invitación; ahora parecía abrirse otro recuerdo, una puerta que me llevaba a otra dimensión, al pasado y a otro escenario, tal vez en el hall del hotel; sí, se abría como otra dimensión, como si cada recuerdo con su escenario, con las palabras que vuelven a resonar, sean otras tantas dimensiones del pasado y uno pudiera salir de una y entrar a otra, como los diferentes escenarios que uno imagina de un plan futuro, como saltar de pantalla en pantalla en una computadora, y solo pareciera estática esta sola dimensión en la que estamos clavados y tenemos que recorrer con esfuerzo y energía...

-¿Qué estás pensando? me preguntó Horacio.

-Nada, nada, ya voy.

-No se me enferme -me dijo, y me sonreí.

Cerré la puerta y me di un tiempo aún para recordar: un día el plomero, que creo que se llamaba Roberto, me había contado de su familia, de cómo alguna vez había tenido un negocio allí abajo, por la calle

Hipólito Yrigoyen y un departamento, también; tenía esposa, hijos, pero un día le vino la debacle, no pudo pagar ni las deudas, ni los impuestos, ni las expensas, entonces, primero se le fue un hijo, después otro y otro, en busca de algo mejor. Pensó que todavía se podía arreglar achicándose y compartió su local con otro y se mudó a un departamento más pequeño, pero los negocios siguieron mal y finalmente también se fue su mujer. Intentó abrirlo en un barrio, pero igual fracasó terminando allí en una pieza de la pensión de la calle Yrigoyen; se lo veía ayudando al patrón, componiendo las averías diarias, centenarias, de ese edificio. Los caños se reventaban a menudo, las piletas desbordaban, los inodoros repletos, todo se ataba con alambre. Tal vez recibiría como pago una habitación de dos por dos y unos pocos pesos, me imagino. Era un muchachón robusto de unos cincuenta años, lleno de salud, pero su vida se había ido estrechando más y más.

Escuché de nuevo la voz de Horacio:

-Señor Mori, lo estamos esperando.

Me encaminé hacia la cocina, había dos, me dirigí a la más chica. Allí nos estaba esperando nuestro amigo Roberto, el plomero.

Horacio se puso a la tarea de hacer una ensalada de tomates peritas mientras nosotros, sin tener que hacer, nos pusimos a observarlo. Apiló los tomates en un primer plato y después tomando un frasco de alcohol que había sobre la mesada, embebió un trozo de algodón. Con mi amigo Roberto, el cuello estirado lo más que podíamos, seguíamos por detrás su extraña ceremonia; sí, fue limpiando los tomates, uno a uno, con el algodón embebido en alcohol. Roberto me levantó la vista y arqueó las cejas con una media sonrisa. ¡Increíble! Nunca visto. Manías de poeta, pensé para mí y al menor comentario nos explicó que había que combatir las bacterias. Nos quedamos mudos, siguiendo la evolución de sus quehaceres domésticos; enseguida tomó un sartén; nos explicó que lo había comprado en oferta por pocos pesos en uno de esos negocios de amplio frente a Lavalle donde se ofrece de todo. Teflón decía una banda azul envolvente. Se lo veía brillante, acogedor, como todo producto a entrenarse. Le sacó la faja, le vertió el aceite, y a la llama azul, al fuego. Mientras se calentaba el líquido cascó dos huevos y los preparó para sumergirlo en el aceite hirviendo; allí fueron; con mi amigo no perdíamos detalles de las evoluciones. Horacio, creyendo que la llama era muy grande alzó un tanto la sartén y ¡oh! contémplanos un prodigio propio de Las mil y una noche, el sartén comenzó a vacilar y perder su forma, no logrando soportar la temperatura, de suerte que los huevos ya estaban fritos cumpliendo su cometido. Largamos la risa y Horacio, sin perder la compostura, como si se tratara de un accidente menor, los puso sobre un plato.

La evidencia era notoria, si allí había una cena, alcanzaría para uno. Yo no tenía ni ganas, ni cómo hacer la mía, así que los dejé a los dos conversando y regresé a la habitación.

Al llegar, estaba más fría que antes; entonces busqué frazadas en un placar y ¡oh! di con una estufa eléctrica. Bendiciones, enseguida la saqué y la enchufé al lado de mi cama. No sé si me alcanzaría, pero ver su rostro iluminado de naranja, era reconfortante. Armé la cama, me desvestí, y a la cucha; mañana sería otro día.

3

Me desperté tarde, me sentía espléndido, había dormido todo lo necesario y más. Me cambié y me fui a higienizar. Después, a la cocina, a hacerme unos mates; poco a poco me fui despertando. ¿Qué haría de mi vida? No había adelantado demasiado desde el primer cuadro, desde el día que había aparecido en la oficina. Me convencí que era sábado y me lo tomé de licencia; no sabía si allí se trabaja o no, en realidad, ya me era indiferente.

Además, nadie me había llamado o reclamado, ni mi mujer, digo, la de Buenos Aires o la de Rosario. Empecé a sentir apetito, buscaría una pizzería por la calle Corrientes. Me encantaba pedir dos porciones y comerlas de pie junto a un moscato.

Me puse en marcha. La pensión estaba solitaria, pasé por la conserjería y saludé; ya no estaba el nochero. Había una vieja con bigotes de laucha, ja, ja. Bueno, por lo menos había cambiado el humor.

Caminé hasta la 9 de Julio y de allí a la avenida Corrientes, a la derecha, refugiados en las ochavas de los bancos y de otros edificios, se desperezaban sobre los colchones los noctámbulos, los que había dormido en la calle. Algunos eran familias enteras, vivían como en otra dimensión, como asomados de un sueño. Por fin llegué al Obelisco y crucé la avenida.

A pocos metros por Corrientes escuché que alguien llamaba por detrás "¡Comisario! ¡Comisario!" pero, al parecer, nadie respondía porque él seguía insistiendo. "¡Comisario! ¡Comisario!" La voz se acercaba pero nadie se daba por aludido hasta que alguien me tocó el hombro y repitió "¡Comisario!" Me di vuelta.

"¿Comisario? ¿Qué le pasa Comisario? ¿Está sordo? ¿Ha pasado a la clandestinidad?" Se me reía y yo no sabía qué responderle. "Escúcheme, estuvimos llamándolo toda la semana y no pudimos dar con usted ¿se cambió de número? La licencia se le terminó el miércoles y no apareció por Jefatura ni el jueves ni el viernes, ni avisó. Tuvimos que inventarle una historia para safarlo de un expediente. ¿Qué pasó? ¿Se asustó de esos tarados de la 16? ¿Quiere que vayamos a tomar algo?" se lo acepté, nos cruzamos a la esquina de Ouro Preto.

Con dos café de por medio y cuatro palmeritas me sentí más distendido, aunque no podía salir de mi asombro. El otro se levantó y fue al baño.

¿Policía? La palabra no me caía muy simpática. ¿Que yo sea policía? menos, no estaba en mi ADN. Vuelvo a repetir, si bien yo no sabía quién era, sabía muy bien cuales eran mis valores, mis preferencias y rechazos, mi forma de ver el mundo, mis creencias, y claramente con la policía no tenía ninguna empatía. Es, más creía que los únicos que se podían identificar con la policía eran los propios policías y su entorno familiar. Se me ocurría que uno puede tener un pariente médico, ingeniero, abogado, o comerciante, o inclusive, militar o cura. Pero un policía en la familia era difícil de encontrar, como si perteneciesen a otra dimensión. Esta creencia me hacía pensar que yo pertenecía más bien a la clase media alta, porque de alguna clase salen los policías. Decidí no contarle nada de mis olvidos y averiguar qué se traía, esta gente no era de mi confianza.

Cuando levanté la vista me encontré al fulano mirándome atentamente, tal como en la modorra lo hacen los personajes de los sueños que se atreven a asomarse.

-¿Qué le pasa oficial? ¿Está hablando solo? -me preguntó.

-Disculpe, son preocupaciones.

-No se tiene que hacer tanto rollo por lo de Moreno.

¿Moreno? me pregunté.

-Esos pibes terminaron como tenían que terminar. Dele tiempo al tiempo y en unos años nadie ya se va a acordar.

¿De qué me hablaba? Le busqué la conversación.

-Sí, pero... -esperé que me interrumpiera.

-Sí, pero nada, ellos tienen sus negocios y nosotros los nuestros, ese era un delito federal, ¡qué sabíamos, si estaban sin uniformes! Les metimos bala, y está bien, a llorar a la iglesia. Eran cien kilos de blanca que al final quedaron en el juzgado, solo por esos pelotudos que bien muertos están por pelotudos.

El fulano se había encrespado, de constitución mediana, unos treinta años, la yugular parecía pedirle sangre.

No sabía que responderle y como recién nos atendían aproveché para ir al baño. Oriné y después me planté frente al espejo para higienizarme, pero ¡oh! al observarme me vi cambiado. El pelo parecía tenerlo más corto y tirante. Me lo toqué pero no tenía gel sino que naturalmente tomaba esa forma aplastada ¡qué extraño! Pero si yo apenas me había higienizado y peinado en la pensión y ahora aparecía con un toque de peluquería frente al espejo. Estaba confundido, regresé a la mesa con más cara de preocupación que antes.

-¿Le pasa algo?

Este me tenía roto las pelotas conque le pasa algo, tenía ganas de darle una patada en el culo. ¡Pero era policía!

-No nada, le contesté.

-¿Su señora? -me preguntó.

¿Había otra?

-No sé nada -le contesté.

-¿Pero usted le avisó?

¿Qué contestarle? Dudé un momento.

-Sí, le dije, y ella me entendió.

-No quisimos hablar con ella porque ya sabe...

Me sonreí, aunque no sé de qué me sonreía, pero me sonreí como si alguien o algo me obligaba a sonreír en ese momento, como si fuera un libreto que debía cumplir. Y le acerté.

-¿Se acuerda cuando lo fuimos a buscar a su casa y su mujer nos sacó a los escobazos? Bueno tenía razón. ¿Cómo se llamaba la rubia? ¿Mara? ¡Qué quilombo que se armó? ¿Dónde la había conocido? ¡Buenas tetas!

No recordaba absolutamente nada de lo que me estaba hablando; por un momento pensé que podía caer en cualquier historia. Me llamaba alguien por la calle, como ahora, y me metían en cualquier laberinto. Muy bien me podía decir que el traje de astronauta estaba listo para medirlo, o que la gente de Venus preguntaba por mí, o que mi misión en la tierra había finalizado y debería embarcar cuanto antes en el próximo vuelo. Cualquier historia podía ser válida como para cualquier chico de tres o cuatro años que se asoma al mundo; según donde cayera creería cualquier historia; que la tierra era redonda o cuadrada, según al siglo en el que se había asomado, que el hombre descendía del mono o lo había creado Dios. Que era muy natural en bolas o vestido. Todo lo tomaría por cierto, en esa situación me encontraba, como quien aparece en una gran ciudad y estuviera a merced de los tramposos. O, en fin, cualquier creencia que puede llevar a un adolescente al fanatismo.

-¿Le pasa algo comisario? -me preguntó. Yo había perdido otra vez la conciencia del instante.

-No, no, ¿por qué lo dice?

-De nuevo estaba hablando solo.

Hacia dónde continuaría esta historia, lo ignoraba. Me encontraba en la frontera de un mundo desconocido. Más allá solo había brumas. La única realidad era este café, esta persona que tenía adelante y el brillo azucarado de las palmeritas que no había probado.

-¿Qué va a hacer comisario? ¿Qué le digo a Saluzzo? ¿Cuándo va a volver a Jefatura? De última, pida una licencia, pero no desaparezca, es el consejo que le puedo dar si se le puede dar un concejo a un superior.

Bebió el último sorbo de café y llamó al mozo. Solo atiné a decirle que pagaría yo. El hombre se retiró y todavía desde la puerta me levantó el pulgar.

Me quedé pensativo, sin reacción. Quién era yo, ¿podía llevar en simultáneo tantas vidas? Le pagué al mozo y me retiré.

Necesitaba respirar, tomar aliento. Seguí caminando por Corrientes. Me distraje mirando los anuncios de las marquesinas. Rebasé Güerrin, se me habían ido las ganas de comer pizzas, algo me impulsaba a recorrer las librerías, como ese algo que te advierte que pongas un papel de diario sobre la mesa si vas a arreglar algo, una voz que proviene de una capa más profunda del cerebro, más abajo de donde se mueve el yo, como si éste estuviera en un escaparate; y esa voz pareciera más sabia porque de lo contrario ensuciarías la mesa con grasa, pintura o lo que fuere. Pero uno está tan habituado a esa voz que te dicta que da por sentado de que es uno y tal vez no, tal vez sea una voz de otra persona que convive con vos, el ángel de la guardia dirían los creyentes, o una o varias personas que conviven con vos. Entonces uno, al querer resolver un problema, una cerradura atascada, girando la llave para un lado para el otro, alguien te chista que vaya y busque el líquido lubricante y a gran velocidad como si se te hubiera prendido la lamparita vas y lo buscas que si no te hubiera chistado ese flaco o esa flaca que uno lleva adentro, estaría hasta hoy dele la llave para un lado, dele la llave para el otro como un gato que no logra abrir una ventana. Y si digo que te chista un flaco o una flaca no es gratuito y no lo digo por adoptar una expresión de género sino porque tal vez ese otro que convive con uno desde la infancia sea un hombre o una mujer, de forma indistinta y uno se encuentra insólitamente comportándose como un hombre o viceversa. O como dicen los sicólogos uno no es enteramente masculino o femenino, y yo diría que uno lo es enteramente pero conviven con uno otras personas de diversa afectividad, seres que parecieran ocultos pero en ciertos momentos aparecen, o para darnos una solución o a empujarnos con sus deseos.

Así, sonámbulo, arrebatado por mis pensamiento, caminé por Corrientes, como tantos caminan embebidos en sus propios problemas, en su mundo interior, mientras afuera es el tráfico, es el ruido y el trajinar habitual de la mañana.

Me detuve a mitad de cuadra, el sol daba de lleno en la vereda. Ahí tomé conciencia donde estaba. Enfrente de mí había una librería de saldos y libros usados. De amplio frente contra Corrientes era una boca que se tragaba a los noctámbulos pero a esa hora del día solo persistían los cazadores de ofertas. Sí, al fondo, alrededor de un inmenso mueble se encontraban cinco o seis pescadores de libros usados. Como las bateas estaban alineadas unas al lados de la otras y cada uno contenía cien libros erguidos por la espalda, los diez dedos de los pescadores se movían con rapidez de uno en otro mientras sus cabezas como cajas registradoras de un vistazo reconocían el autor, el título, la editorial y hasta el año de edición, y si daban, en ese sumergirse de las redes, con uno rareza, una primera edición, por decir mucho, o un autor olvidado, u otro bien muerto hacía pila de años que su gran talento había sido ser amigo de tal otro de valía, o simplemente, un amigo de su pueblo que alguna vez escribió una serie de cuentos y finalmente desistió dedicándose por entero al ramos generales de su padre. Entonces, repito, este hombre que he precisado cono pescador pero también podría haber definido como tasador, de un golpe de vista valora la pieza que tiene ante sus ojos y la separa, para continuar en su búsqueda frenética. Y si uno se debe ausentar, tal vez media o una hora y regresa lo va a encontrar nuevamente en las bateas, tal vez en la otra punta, pero con una rica captura de seis o siete piezas, que acaricia, que contempla; y por momentos, se relame, y hasta alguna gota de saliva le vemos deslizar por la comisura de los labios. Y allá va hasta la caja para que se lo coticen. Pero repito, no son uno ni dos pescadores sino cinco o seis fanáticos obsesivos de dedos digitales. Y ¡oh! cuando me acerco, ¿con quién me encuentro? Con Horacio, el poeta de la pensión. Me echó un vistazo por arriba de los anteojos y sin detener su búsqueda infernal me indicó con un golpe de vista a su presa, una pila de ocho libros. Al terminar su faena seleccionó tres y me los ofreció en bandeja con estas palabras: "señor Mori, mire lo que acabo de encontrar". Los tomé entre mis manos y me miré en espejo: eran míos. En letras de molde se destacaban mi nombre y apellido. Yo era un escritor o por lo menos esos tres títulos lo atestiguaban, aunque Horacio me tomó del codo y me consoló con algo de sorna "no se preocupe señor Mori, tal vez antes de venderlo lo han leído".

Fue a pagar sus libros y se retiró con apuro. "Me voy, entro a trabajar a las tres".

Me quedé con los libros en las manos. Me invadió una gran curiosidad por leerlos. Fui y los aboné. El vendedor se fijó en unas letras dibujadas en la primera página y me dijo. Estos están en oferta, tres por uno. Le aboné sin chistar, valían una bicoca, no sabía si reír o llorar. Me fui a un bar de la esquina como cualquier bar que se precie. Corrientes y Callao. Había poca gente y para hojear las novelas me busqué una mesa alejada.

Una se llamaba El Comisario, la otra Contrabando y la tercera, 24 horas en la vida de un escritor.

Le pedí al mozo un café liviano y empecé a solapearlos; el primero era un policial, un comisario que se ve envuelto en un triple crimen por la disputa entre dos fuerzas policiales, la Bonaerense y la Federal. El segundo era un tráiler sobre el negocio del contrabando de una empresa importadora ligada a la Aduana. El tercero las peripecias e intrigas palaciegas en una sociedad de escritores.

La lectura me encendió un alerta. ¡Qué casualidad! el mozo me trajo el café con una masa seca de confitería. Empecé a hojear el policial y me detuve en una escena llamativa, más que llamativa, por no decir alarmante. El comisario va caminando por la calle y alguien lo chista por detrás, comisario, comisario, lo llama pero éste no se da por aludido; pero el otro sigue insistiendo hasta tocarle el hombro. "¡Comisario! ¿Dónde se había metido?", le dice, lo "buscamos por todos lados". En este punto me estremecí, era lo que me acababa de suceder. El corazón se me empezó a acelerar, tomé un trago de café y salté a la segunda novela. Abrí el libro en una página al azar y me encuentro con dos personajes que están hablando de negocios en un bar, se trataba de un barco que estaba por amarrar en el puerto de Buenos Aires con un cargamento importante de mercancías. ¡No lo podía creer! Ese era yo. Con premura y torpeza busqué el tercer libro derramando en el intento el vaso de jugo y el del agua, ambos rodaron por el suelo con gran alarma de mis vecinos. Enseguida se acercó el mozo a arreglar el estropicio, le pedí disculpas y aguardé hasta que se retirara.

Con desesperación, abrí el tercer libro, una pensión, un tal Horacio, poeta que me invitaba a cenar a la cocina... cerré el libro, para qué más, enseguida recordé el cuento de Cortázar "Continuidad de los parques" donde un hombre está leyendo los últimos capítulos de una novela sentado en un sillón de una casa rodeada por un jardín; la historia se trata de un asesinato contra un señor que está leyendo una novela sentado en un sillón de una casa rodeada por un jardín. El cuento se cierra sobre sí mismo, es ficción.

 Pero lo que me sucedía a mí era más preocupante ¿quién era yo? ¿Un escritor o un personaje de la novela de un escritor?